苏童作品系列

苏童

THE AGE OF TATTOO
SU TONG

刺青时代

上海文艺出版社

目录

刺青时代 － 1

舒家兄弟 － 41

南方的堕落 － 89

灼热的天空 － 129

民丰里 － 187

刺青时代

男孩小拐出生于一月之夜，恰逢大雪初歇的日子，北风吹响了屋檐下的冰凌，香椿树街的石板路上泥泞难行，与街平行的那条护城河则结满了厚厚的冰层。小拐的母亲不知道她的漫长的孕期即将结束，她在闹钟的尖叫声中醒来，准备去化工厂上夜班。临河的屋子里一片黑暗，小拐的母亲在黑暗中摸索了一会儿，提起竹篮打开了面向大街的门。街上的积雪已经结成了苍白的冰碴，除了几盏暗淡的路灯，街上空无一人。小拐的母亲想在雨鞋上绑两道麻绳以防路滑摔跤，但她无法弯下腰来，小拐的母亲就回到屋里去推床上的男人，她想让他帮忙系那些麻绳，男人却依然呼呼大睡着，怎么也弄不醒。小拐的母亲突然着急起来，她怕是要迟到了。她对着床上的男人低低咒骂了几声，决定抄近路去化工厂上班。

小拐的母亲选择从结冰的河上通过，因为河的对岸就是那家生产樟脑和油脂的化工厂。她打开了平时锁闭的临河的后门，拖着沉重的身体下到冰河上，像一只鹅在冰河上蹒跚而行，雨鞋下响起一阵细碎的冰碴断裂的声音。小拐的母亲突然有点害怕,她看见百米之外的铁路桥在月光里铺下一道黑色的菱形阴影,似乎有一列夜间货车正隆隆驶向铁路桥和桥下的冰河。小拐的母亲用绿头巾包住她整个脸和颈部,疾步朝对岸的土坡跑去,她听见脚下的冰层猛地发出一声脆响,竹篮从手中飞出去,直到她的下半身急遽地坠进冰层以下的河水中,她才意识到真正的危险来自于冰层下的河水,于是小拐的母亲一边大声呼救一边用双脚踢着冰冷的河水。她的呼救声听来是紊乱而绝望的,临河窗户里的人们无法辨别它来自人还是来自传说中的河鬼,甚至没有人敢于打开后窗朝河面上张望一下。

第二天凌晨,有人看见王德基的女人穿着红毛衣躺在冰河上。她抱着她的花棉袄,棉袄里包着一个新生的婴儿。

男孩小拐出生没几天他母亲就死了,在香椿树街的妇女看来小拐能活下来是一个奇迹,她们对这个没有母亲的婴孩充满了怜悯和爱心,三个处于哺乳期的女人轮流去给小拐喂奶,可惜这种美好的情景只持续了两三个月。问题出在小拐的父亲王德基身上,王德基在那种拘谨的场合从来不回避什么,而且他有意无意地在喂奶的妇女周围转悠,那三个女人聚在一起时都埋怨王德基的眼睛不老实,她们觉得他不应该利用这种机会占便宜,但又不好赶他走。终于有一次王德基从喂奶妇女手中去接儿子时做了一个明显的动作,一只手顺势在姓高的女人的乳房上摸了一把。姓高的女人失声叫起来,该死,她把婴孩往王德基怀里一塞,你自己喂他奶吧。姓高的女人恼羞成怒地跑出王家，再也没有来过，姓陈和姓张的女人也就不来了。

男孩小拐出生三个月后就不吃奶了，多年以后王德基回忆儿子的成长，他竟然不记得自己是怎么把小拐喂大的。他向酒友们坦言他的家像一个肮脏的牲口棚，他和亡妻生下的一堆孩子就像小猪小羊，他们在棚里棚外滚着拱着，慢慢地就长大了，长大了就成人了。

七十年代初期在香椿树街的男孩群中盛行一种叫钉铜的游戏。男孩们把各自的铜丝弯成线圈带到铁路上，在火车驶来之前把它放在铁轨上，当火车开走那圈铜丝就神奇地变大变粗了。男孩们一般就在红砖上玩钉铜的游戏，谁把对方的铜圈从砖上钉落到地，那个被钉落的铜圈就可以归为己有。

曾有一个叫大喜的男孩死于这种游戏，他翻墙去铜材厂偷铜的时候被厂里的狼狗吓着了，人从围墙上坠下去，脑袋恰恰撞在一堆铜锭上。大喜之死给香椿树街带来了一阵惶乱，人们开始禁止自己的孩子参与钉铜游戏。但是男孩们有足够的办法躲避家人的干扰，他们甚至把游戏的地点迁移到铁路两旁，干脆就在枕木堆上继续那种风靡一时的游戏。每个人的口袋里塞满了铜丝，输光了就临时放在轨道上等火车碾成铜圈，那年月来往于铁路桥的火车司机对香椿树街的这群孩子无可奈何，他们就一遍遍地拉响尖厉的汽笛警告路轨旁的这群孩子。

后来人们听说王德基的儿子也出事了，男孩小拐的一条腿也在这场屡禁不绝的钉铜游戏中丧失了。这次意外跟小拐的哥哥天平有关，是天平让小拐跟着他上铁路的。那天天平输红了眼睛，他没有心思去照看年幼的弟弟，他不知道小拐为什么突然窜到火车前面去捡东西。大概是一只被别人遗漏的铜圈吧。火车的汽笛和小拐的惨叫同时刺破铁路上的天空，事情就这样猝不及防地发生了。

香椿树街的居民还记得天平背着他弟弟一路狂奔的情景，从天平残破的裤袋里掉出来一个又一个铜圈，从小拐身上淌下来的是一滴一滴的血，铜圈和血一路均匀地铺过去。那一年小拐九岁，人们都按着学名叫他安平，叫他小拐当然是以后的事了。

小拐在区医院昏死的时候他的两个姐姐陪着他，大姐锦红和二姐秋红，锦红不断地呜呜哭泣着，秋红就在一旁厉声叱责道，哭什么哭？腿轧断了又接不回去，光知道哭，哭有什么用？

王德基在家里拷打肇事的天平，他用绳子把天平捆了起来，先用脚上的劳动皮鞋踢。踢了几脚又害怕踢了要害得不偿失，就解下皮带抽打天平。王德基一只手拉着裤腰一只手挥舞皮带，多少有点不便，干脆就脱了工装裤穿着个三角裤抽打天平。天平起先一直忍着，但父亲皮带上的金属扣刮到了他的眼睛，天平猛然吼叫一声，操，我操你娘。王德基说，你说什么？你要操我的娘？天平一边拼命挣脱着绳子，一边鄙夷地扫视着衣冠不整的父亲，你算老几？天平舔了舔唇边的血沫说，

刺青时代 5

实话告诉你吧,我已经参加了野猪帮,你现在住手还来得及,否则我的兄弟不会饶过你的。王德基愣了一下,捏着皮带的手在空中滞留了几秒钟,然后就更重地往天平身上抽去,我让你参加野猪帮,王德基边打边说,我还怕你们这帮毛孩子,你把野猪帮的人全叫来,我一个个地抽过去。

王德基为他的一句话付出了代价。隔天夜里他去轧钢厂上夜班,在铁路桥的桥洞里遭到野猪帮的袭击。他的自行车被横跨桥洞的绳子绊倒了,人还没从地上爬起来,一只布袋就扣住了他的脑袋,一群人跑过来朝他腹部和后背一顿拳脚相加,王德基只好抱住头部在桥洞里滚。过了一会那群人散去,王德基摘下头上的布袋想辨别袭击者是谁,他看见七八条细瘦的黑影朝铁路上散去,一眨眼就不见了。周围一股香烟味,那根绳子扔在地上。然后他发现手里的那只布袋上写着"王记"二字,原来就是他家的量米袋子。王德基想起儿子天平昨天的威胁,不禁惊出了一身冷汗。一辆夜行列车正从北方驶来,即将穿越王德基头顶上的桥洞,桥洞的穹壁发出一阵轰鸣声。王德基匆匆忙忙地把量米袋子夹在自行车后架上,跳上去像逃似的穿过了铁路桥。

一条香椿树街静静地匍匐在月光下,青石板路面和两旁的低矮的房屋上闪烁着一些飘游不定的阴影,当火车终于从街道上空飞驰而过时,夜行人会觉得整条街都在咯吱咯吱地摇晃,王德基骑在车上朝前后左右张望,他生平第一次对这条熟悉的街道产生了一丝恐惧之心。

男孩小拐对于车祸的回忆与目击者的说法是截然不同的,他告诉两个姐姐锦红和秋红,有人在火车驶来时朝他推了一把,他说他是被谁推到火车轮子下面的。但当时在铁路上钉铜的男孩有五六个人,其中包括他的哥哥天平。他们发誓没有人推过小拐,他确实是想去捡一只被别人遗漏的铜圈的。

　　香椿树街的人们认为小拐在说谎,或者是那场飞来横祸使他丧失了记忆,这个文静腼腆的男孩从此变得阴郁而古怪起来,他拖着一条断腿沿着街边屋檐游荡,你偶尔和他交谈几句,可以发现这个独腿男孩心里生长着许多谵妄阴暗的念头。

　　是你推了我。小拐走进红旗的家里对红旗说。红旗家里的人都围着饭桌吃饭,他们用厌恶的目光斜睨着小拐,谁也不理他。是你推了我。小拐碰了碰红旗端碗的手,他的声音听上去是干巴巴的。他等待着红旗的回答,但红旗突然放下饭碗,双手揪住小拐的衣领把他拎了起来,一直拎到门外,红旗猛地松开手,小拐就像一个玩具跌在地上了。红旗的鼻孔里哼了一声,揍不死你。他摊开手掌在门框上擦了擦,然后就撞上门把小拐关在门外了。隔着门红旗又高声警告他,下次再敢来我敲断你的好腿,你以为我怕你哥哥天平?回去告诉天平,他们野猪帮如果动我一根毫毛,白狼帮和黑虎帮的人就来铲平他们的山头。

　　红旗是一个过早发育的膀大腰圆的少年,他与天平曾经是好朋友后来又反目为仇,一切缘于他们参加了两个不同的帮派。小拐三番五次的无理纠缠使红旗非常恼怒,他不知道为什么小拐会咬定是他推了他一把。红旗怀疑在小拐的后面隐藏着另一种挑衅，它来自天平和野猪帮那里。那些日子里红旗出门不忘在鞋帮里别上一把三角刀，而且他特意挑选傍晚街上人多的时候坐在门口磨刀，一块偌大的扇形砂轮，砂轮边躺着三种刀器：三角刮刀、劈柴的斧子和切菜用的菜刀，少年红旗就坐在门口，蘸着一盆暗红的水，沙啦沙啦地磨刀。他瞥见小拐站在街角杂货店门口，小拐抓着一根树枝无聊地抽打着墙壁，他似乎窥望着红旗家这边的动静。红旗仍然在路人的侧目下磨着刀，脸上露出倨傲的微笑，他从来没把小拐放在眼里。

几天后的一个早晨，红旗家的人不约而同地发现家里有一股味，像是死物身上散发出来的，一家人满屋子寻找臭味的根源，终于在米缸后面找到一只腐烂的死猫。红旗用竹竿把死猫挑到街上，他母亲就跟出去在门口高声咒骂起来，一家人都认定是王德基的断腿儿子干了这件卑劣下流的事情。

王德基家离红旗家隔了七八户门洞，红旗看见男孩小拐的脸在门口探了一下，然后就缩进去不见了。红旗扔掉手里的竹竿，冷笑着说，只要让我抓住，看我不把他揍成肉酱。

男孩小拐第二天夜里就被红旗抓住了。小拐手里捧着一包东西，刚要往红旗的门上涂抹，红旗就像猛虎窜出去揪住了小拐，小拐慌忙扔掉了那个纸包，但粪便的臭味残留在小拐的手心和指缝里。红旗抓住小拐的手闻了闻，就势打了他一耳光，然后他把小拐压在电线杆上开始揍他。揍不死你，红旗的两只脚左右开弓踢小拐的臀部和肋下，揍不死你。红旗的踢踏动作随小拐的呼救愈发迅疾猛烈起来，小拐一声声尖叫着，一只手孤立无援地指向自己的家，另一只手紧紧抱着电线杆。

先是锦红和秋红从家里奔出来了，两个女孩冲上去想架住红旗，但红旗力大无比，手一甩就把她们甩开了。锦红上去抱住了小拐，秋红却趁红旗不防备突施冷箭，她学了香椿树街妇女与男人干架的有效措施，在红旗的双腿之间猛地捏了一把。不要脸的畜生，秋红咬着牙骂道，欺负小拐算什么本事？有种你跟我家天平打去。

少年红旗就这样狂叫起来，叫声引来了红旗一家人。秋红的耍泼无疑把他们激怒了。红旗的母亲和祖父祖母都参与了这场街头混战，他们撕扯着王家姐妹的头发和衣裳，并且用肮脏的语言咒骂着他们。秋红和锦红保护着小拐夺路而逃。在一片哭叫声中，附近人家沿街的窗户纷纷推开，邻居们看见王家的三个儿女像一群被拔光了羽毛的鸟禽，从窗前仓皇而逃。后来街上就响起了红旗母亲无休无止的诅咒声，主要是针对秋红的。狼心狗肺的小婊子货，你想让我家断子绝孙？红旗是三代单传的男丁，你捏坏了他赔得起吗？秋红在她家门后不甘示弱地回敬一句，他活该，谁让他欺负小拐？红旗的母亲被秋红再次激怒了，她用什么硬物敲着王家的门，一窝没人管教的小畜生，红旗的母亲边敲边说，我家红旗要是有个三长两短，我就剜了你的小×喂狗吃。

那天夜里恰巧王德基上夜班，而天平正在别人家里玩扑克牌。香椿树街的人认为这是一个善意的巧合，否则那天夜里的事情是不会就此平息的，六月的石灰厂之祸也许就在当天发生了。

男孩小拐对他哥哥天平充满了崇拜之情，他总是像一个影子似的尾随着天平，天平走到哪里小拐就跟到哪里。但自从天平加入野猪帮以后这种情形就难以为继了，天平开始厌恶小拐影子般的追随。别跟着我，他用一种不耐烦的语言驱逐小拐，你不能跟着秋红玩吗？有时候天平干脆利用小拐的行动不便，在路上加快步子伺机甩掉他弟弟小拐。即使这样小拐也能准确地捕捉到天平的踪影，有时候天平刚刚在骆驼家系上练功的皮带，小拐就像一个幽灵闪进了院门，他悄然缩在墙角，静静地审视着天平的一举一动。天平就变得烦躁起来，操，他一边击打着沙袋一边发泄着对小拐的恼恨，为什么要跟着我？谁要是欺负你你来告诉我，好端端的为什么老是跟着我？

红旗打了我。男孩小拐抠了抠鼻孔，他用单拐的端部在地上划着圈说，红旗家的人还打了秋红和锦红。

这事我知道了，我答应你们找红旗算账的。

红旗打了我，他还打了秋红和锦红。小拐重复了一遍他已说过的话。

我知道了。天平皱着眉头说，这些事你不懂，是我们野猪帮和他们白狼帮的事，别着急，收拾他们的日子快要到了。

男孩小拐不知道他哥哥的允诺就是几天后发生的石灰厂之战。那场大规模的血殴后来轰动了整个古城，成为血性少年们孜孜不倦的话题，而男孩小拐在他的少年时代常常向别人提及著名的石灰厂之战和他哥哥天平的名字，信不信由你，小拐对别人说，野猪帮的人是为了我去石灰厂的，那封生死帖是我哥哥送给白狼帮的，信不信由你，我哥哥是为了给我报一箭之仇。

事实上除了石灰厂砖窑上的几个工人之外，几乎没人有机会目击五十一名少年在垃圾瓦砾堆上的浴血之战。他们选择的地点是香椿树街以北三里的石灰厂后面的空地，时间则是天色乍亮的清晨五点钟，砖窑上的工人看见两拨人从不同的方向朝空地上集结而来，有人把铁链挂在脖子上，有人边走边转动手里的古巴刀，白狼帮的人甚至扛着一面用窗帘布制成的大旗，旗上有墨汁绘成的似狼似狗的动物图案。在仅仅几分钟的对峙后，两支队伍就乱成一堆了，从刀器和人的嘴里发出的呼啸声很快覆盖了石灰厂那台巨大的粉碎机运转的噪声。

砖窑上的那几个工人对那场血战不堪回首，他们心有余悸地描摹当时的情景，疯了，那帮孩子都疯了，他们拼红了眼睛，谁也不怕死。他们说听见了尖刀刺进皮肉的类似水泡翻滚的声音，他们还听见那群发疯的少年几乎都有着流行的滑稽的绰号，诸如汤司令、松井、座山雕、王连举、鼻涕、黑×、一撮毛、杀胚。那帮孩子真的发疯了，几个目击者摇着头，举起手夸张地比划了一下，拿着刀子你捅我，我劈你的，血珠子差点就溅到我们砖窑上了。

男孩小拐记得那天早晨他是被街上杂沓的脚步声和救护车

的喇叭惊醒的。街上有人尖声喊着：石灰厂，出人命啦。锦红和秋红已经穿好了衣裳准备去看热闹，小拐心急慌忙地摸不到他的拐杖，就一把攥住了锦红的长辫子。带我去，小拐叫道，带我去看死人。

锦红背着弟弟小拐，秋红边跑边用木梳梳着头发，姐弟三人也汇聚在街上的人流里朝北涌动，他们不知道石灰厂到底发生了什么事。秋红边跑边问旁边的人，怎么回事？是谁死了？那人气喘吁吁地说，打架，听说死了好几个。姐弟三人不知道天平就是其中之一，所以后来他们看见几个警察把天平从瓦砾堆里拖出来时都吓呆了，天平的衣服被撕割成布条在晨风中飘动，半尺长的刀口处露出了肠子，从他的身体各处涌出的血像泉眼沿途滴淌。天平的眼睛怒视着天空，但是他被人拖拽的情形就像一根圆木了无生气，看样子他已经死了。男孩小拐记得两个姐姐同时失声狂叫起来，然后他就从大姐锦红的背上摔了下来。

男孩小拐坐在瓦砾上环顾四周，石灰厂附近笼罩着一种杂乱的节日般的气氛。小拐看见他们把天平抬上一辆平板车，锦红和秋红哭叫着拉住一个车把，快送他去医院，秋红跺着脚对警察喊，快点吧，快去医院。板车另一侧的一个警察说，还去什么医院？他已经咽气了。另一个却阴沉着脸说，他要没咽气还得去拘留所。小拐看见那辆平板车在工业垃圾和杂草间颠动着，慢慢地朝他这边拖来，现在他知道板车上的那具死尸就是他哥哥天平，他觉得天平就像一根圆木被人装在板车上，就像一根圆木在车上颠动着,一切都显得离奇而古怪。小拐迎着板车站起来,他怀着惶惑的心情朝天平的手臂猛地一触,触及的是天平饱满发达的肱二头肌,但那是近乎瞬间的一次触碰,男孩小拐的手像是被火烫了一下,或者是被冰刺了一下,他惊惶地缩回了他的手,曾经与他并手比足的那个身体突然变得如此恐怖如此遥远,男孩小拐第一次发现天平的手臂上刺了图纹,那是一只简单而丑陋的猪头。

他有刺青。男孩小拐突然叫道,他的手臂上有一只猪头,他是野猪帮的大哥了。

六月初王德基家的天平死了,天平的丧事办得很简单,这是因为那些日子天气异常炎热,王德基没有钱去冰厂订购那种大冰砖,死者在家里只停放了一天一夜就送出门了。王德基在悲伤而忙碌的日子里筋疲力尽,他对那些前来吊唁的邻居说,早知道这样,不如我自己动手结果他的性命。

租用火葬场的白色灵车也是要花钱的,王德基舍不得掏钱,就去邻近的石码头借了辆三轮车,然后用塑料布为天平制作了一个简易凉棚。这样,六月灼热的阳光被遮挡住了,天平盖着白被单躺在车上,看上去就像一个苍白的患了急病的少年。王德基自制的灵车从容地经过香椿树街,有不知详情的路人在街口问他,老王,送谁上医院?王德基闷闷地说,儿子。低着头骑了一程,王德基看见天平就读的红旗中学的铁门从身边一掠而过,操场上有一群男孩正在踢足球。王德基突然悲从中来，一边骑着车一边哽咽起来，操，别人家的孩子都活蹦乱跳的，偏偏就轮到我家，废了一个不够，现在又死了一个。王德基就这样骑着灵车涕泗满面地经过城北的街道，他不知道小拐早悄悄地钻到了车上，他毫无畏惧地坐在天平的尸体旁边向往着火葬场新鲜的不为人知的风景。后来灵车经过北门的瓜果集市，王德基想起天平一直是贪吃西瓜的，小时候曾经为了抢夺秋红的那块，王德基扬手打掉了天平的一颗门牙。王德基犹豫了一会儿停下车，就近买了半只切开的红瓤瓜放到天平身旁，猛地就发现了小拐，小拐直直地瞪着西瓜，说，我要吃西瓜。王德基的手下意识扇过去，但最后只滞留在小拐的头顶上，过了一会儿他说，你吃吧，反正天平也不会吃瓜了。

男孩小拐后来就坐在天平的灵车上吃西瓜，那是一只南方罕见的又甜又脆的西瓜，直至几年以后小拐还记得嘴里残留的那股美妙的滋味。除此以外占据小拐记忆的依然是天平手臂上的刺青，在去火葬场的途中，男孩小拐多次撩起死者的衣袖，察看他左手臂上的猪头刺青，它在死者薄脆的皮肤上放射着神奇的光芒。

警车呼啸着驶进狭窄的香椿树街，警察们带走了松井、鼻涕、汤司令这帮少年，而白狼帮的红旗却突然从他家里消失不见了，一个梳着羊角辫的女孩子穿过围观的人群，用一种冷静的语调向警察报告了红旗的踪迹，他在河里，女孩指着河的方向说，他泡在水里，头上顶了半只西瓜皮。她后面跟着一个跛脚的男孩，男孩则尖声指出头顶西瓜皮是从电影里学来的把戏，男孩说，我知道他是从《小兵张嘎》里学来的，是我先看见他的。

所以红旗被推上警车的时候是光着脚的，身上只有一条湿漉漉的短裤头。一个警察从红旗的头顶上摘下那半只西瓜皮，扔出去很远，围观的人群里就发出一片哄笑声。有人将惊诧的目光转向王德基家的两个孩子，秋红和小拐，秋红像一个成熟的妇女那样撇了撇嘴，然后她拍了拍她弟弟的脑袋，小拐，我们回家。

夏天的大搜捕使城市北端变得安静萧条起来，那些三五成群招摇过市的少年像草堆被大风吹散，不再有尖厉的嗓哨刺破清晨或黄昏的空气，凭窗而站的香椿树街的居民莫名地有点烦躁，他们觉得过于清净的街道并非一种平安的迹象，似乎更大的灾祸就要降临香椿树街了。

男孩小拐穿着他哥哥天平遗留的白衬衫在街上游逛，有一天他在码头的垃圾里看见一面残破的绘有狼形图案的旗帜，旗上可见暗红色的疏淡不一的干血。小拐认出那是白狼帮的旗帜，他不知道他们为什么要把旗帜扔在这里，也许那帮人在大搜捕后已经吓破了胆，也许伤亡和被捕使强大的白狼帮形如匆匆一掠的流星。小拐拾起了那面旗帜，小心地把它折起来掖在裤腰里，他想把它带回家藏好。石码头上有装卸工在卸一船油桶，油桶就在水泥地上骨碌碌地滚向街道另一侧的工厂大门，男孩小拐灵活地绕开油桶往家里走，他相信装卸工们没有发现

刺青时代 · 15

他藏起了一面白狼帮的旗帜。从此以后男孩小拐拥有了一个真正的秘密。

作为男孩小拐唯一的朋友，我曾经见过精心藏匿的白狼帮的旗帜，他打开一只木条钉成的工具箱说，这就是我的百宝箱。箱子里装满了过时的铜片、烟壳、玻璃弹子和破损了的连环画，那面神秘的令人浮想联翩的旗帜放在箱子的最底层，上面还铺盖了几张报纸。

这是白狼帮的旗，男孩小拐的眼睛在阁楼黯淡的光线里闪闪烁烁，他把那面旗快疾地摊开，然后又快疾地叠好。我哥哥他们的野猪帮大旗我还没找到，小拐说，他们也有一面旗，比这面旗大多了，我看见过野猪帮的大旗。

你藏着它想干什么？

小拐没有回答我的疑问，或许他根本没听见我的疑问，我看见他把百宝箱用挂锁锁好了，推到阁楼的角落里，然后用一种坚定的语气说，我会找到那面旗的，我要复兴野猪帮。

那是红鸡冠花盛开的晚夏的一天，在小拐家闷热肮脏的阁楼上，我清晰地听见男孩小拐说，我要复兴野猪帮。

九月孩子们重归学校，假期发生的石灰厂之战仍然使高年级的男孩津津乐道，他们坐在双杠和矮墙上谈论着白狼帮和野猪帮孰优孰劣，各执一词难以统一意见。后来校工老董的儿子董彪说，你们别争了，白狼帮和野猪帮算什么人物，真正厉害的是城西的梅花帮，梅花帮的人胸前都刺一朵梅花。

董彪在胡说。男孩小拐当着许多人的面戳穿了董彪的谎言，他说，城西没有什么梅花帮，只有龙虎八兄弟，他们和野猪帮是盟友。左臂刺龙，右臂刺虎，根本不刺梅花。

男孩小拐因此招来了董彪日复一日的追逐和报复。我看见男孩小拐像一只袋鼠在泡桐树林里绕行奔跑，因过早发育而成为学校一霸的董彪快乐地追逐着小拐，董彪最后把小拐按在树干上，用膝盖猛力地顶击小拐完好的那条左腿，这样男孩小拐总是应声倒在董彪的脚下。有一次董彪忽发异想地解开裤扣，对着手下败将撒了泡尿。董彪说，去叫你哥哥来，你哥哥算什么？就是他活着我也敢揍你。

我知道那是小拐童年时代最灰暗的日子，几乎每一个男孩都敢欺负王德基的儿子小拐，他姐姐秋红和锦红对他的保护无法与天平活着时相比，在香椿树街的生活中叽叽喳喳的女孩子一向是微不足道的。除我之外大概没有人知道小拐心里那个古怪而庞大的梦想，关于那面传说中的野猪帮的旗帜，关于复兴野猪帮的计划。小拐曾经邀我同去寻访那面旗帜的踪迹，被我拒绝了。在我看来小拐已经成为一种羸弱无力备受欺辱的象征，他的那个梦想因此显得可笑而荒诞。

曾经有人效仿董彪在学校沙坑那儿追打小拐，体育教师上去把他们拉开了。体育教师责问那个男孩，为什么要打他？你欺负他腿不好？那个男孩很诚实，他说，他哥哥天平死了。体育教师又问，他哥哥死了你就打他？这是为什么？男孩涨红了脸踩踏着沙坑里的黄沙，最后他又说了一句大实话，他腿瘸，他跑不快。

关于男孩小拐的拜师习武在香椿树街有种种说法，人们普遍认为那是王德基为了儿子免受欺侮的权宜之计，是王德基把小拐送到延恩巷的武林泰斗罗乾门上习武的，还有一种说法误传天平是罗乾的门徒之一，罗乾肯收下小拐是缘于这段人情，但是男孩小拐后来轻蔑地否定了这些想当然的猜测，他说罗乾从来不搭理那些少年帮派，当然也不认识他死去的哥哥天平，他父亲王德基就更不认识罗乾了，他那种人怎么会认识罗乾？男孩小拐提及他父亲时满脸不屑之色，然后他用一种神秘的口气说，我是我师父的关门弟子，你别告诉人家。

他为什么要收你做关门弟子呢？问话的人毫不掩饰话里的潜台词，为什么罗乾要收一个断了一条腿的孩子做关门弟子呢？

我跪着求他，我跪了很长时间。男孩小拐终于把所有的秘密和盘托出，我给他看腿上手上的伤，我告诉他所有的人都来欺负我，你猜他最后怎么说？男孩小拐环顾着周围的孩子，眼睛里充满了喜悦和激情之光，罗乾最后把我抱起来，他说既然所有人都来欺负你，那我就教你去欺负所有的人。

男孩小拐本人的说法也令人半信半疑，但是香椿树街上有不少人亲眼目睹他出入于延恩巷罗乾的家门，不管怎么说，小拐现在是一个习武的孩子，香椿树街头的男孩们再也不敢轻易对他施以拳脚了。

最初小拐把三节棍插在书包里去上学，每次在学校遇见董彪时，小拐仍然提防着董彪对他的袭击，他的手紧紧地抓住三节棍的一端。董彪试探着靠近他，你拿着三节棍装什么蒜？董彪说，你瘸了条腿怎么用三节棍？但是小拐猛地从书包里抽出三节棍时董彪还是害怕了，董彪嘀咕了一句就溜走了。他妈的你吓唬谁？他边走边说，吓唬谁？

那是男孩小拐开始扬眉吐气的日子，我曾经在他的书包里看见过多种习武器械，除了他随身携带的三节棍外，还有九节鞭、月牙刀、断魂枪等等，这些极具威慑力和神秘色彩的名称当然是小拐亲口告诉我的。我记得一个秋日的黄昏，在石码头布满油渍的水泥地上，男孩小拐第一次当众表演了他的武艺，虽然是初学乍练，但我们还是听到了三节棍和九节鞭清脆悦耳的声音，舞鞭的男孩小拐脸上泛起鲜艳的红晕，双目炯炯发亮，左腿的疾患使小拐难以控制身体的重心，他的动作姿态看上去多少有些生硬和别扭，但是在石码头上舞鞭弄棍的确实是我们所鄙夷的男孩小拐，到了秋天他已经使所有人感到陌生。

四五个男孩坐在石码头的船坞上，听小拐描绘他师傅罗乾的容貌和功夫。秋天河水上涨，西斜的夕阳将水面和两岸的房屋涂上一种柑橘皮似的红色，香椿树街平庸芜杂的街景到了石码头一带就变得非常美丽。空气中隐约飘来化工厂油料燃烧的气味，而那些装满货物的驳船正缓缓通过河面，通过围坐在船坞上的孩子们的视线。

我师傅只比我高半个脑袋,男孩小拐用手在头顶上比划了一下,他看了看其他孩子的表情又补充道,你们不懂,功夫深的人个子都很矮小。

我师傅留一丛山羊胡子,雪白雪白的,你们不懂,功夫深的人都要留山羊胡子的。男孩小拐还说。

我对延恩巷的武林高手罗乾的了解仅限于那天男孩小拐的一夕之谈。像所有的香椿树街少年一样,我也曾渴望拜罗乾为师学习武艺,但据说那个老人深居简出性情孤僻,除了小拐以外,拒绝所有陌生人走进他的种满药草的院子。整个少年时代我一直无缘见识罗乾的真面目。后来我知道关于延恩巷罗乾的传说完全是一场骗局,知悉内情的人透露罗乾只是一个年老体衰的病人,他每天例行的舞刀弄棍只是他祛病延年的方法,因为罗乾患有严重的哮喘和癫痫症。这个消息曾令我莫名惊诧,但那已经是多年以后的事了,昔日的男孩小拐已经成为香椿树街著名的风云人物,骗局的受害者也已淡忘了许许多多的童年往事。

城北的居民风闻野猪帮又重新出现,他们对此都觉得奇怪,因为野猪帮的那批少年在夏天的大搜捕中已经被一网打尽了。但是许多人家养的鸡都在夜晚相继失踪,石码头的垃圾上堆满了形形色色的鸡毛,从这一点判断确实又有少年们在歃血结盟了。

人们想不到野猪帮的新领袖是王德基家的小拐,更想不到新的野猪帮只是一群十四五岁的男孩。

歃血结盟的仪式是在王德基家的阁楼上举行的，狭小低矮的阁楼里充满了新鲜鸡血的腥味，大约有九个男孩，每人面前放了一碗鸡血，他们端起碗紧张而冲动地望着小拐。喝下去，小拐说，他的声音听上去不容违抗，你们怕什么？人血都不怕还怕鸡血吗？

一个男孩先端起碗在碗沿上小心地舔了一下，另一个男孩则捏着鼻子喝了半碗，突然大叫起来，太腥了，我要吐了。你们能干什么事？然后小拐出乎意料地亮出了他的九节鞭，你们到底喝不喝？不喝就挨鞭子，小拐晃动着他的九节鞭说，喝鸡血还是挨鞭子？你们自己挑吧。

阁楼上的那群男孩终于还是选择了鸡血，但是他们的呕吐物已经把床铺和板墙弄得污秽不堪，在一片反胃的呕吐声中小拐打开了他珍藏的白狼帮的旗帜，我没找到野猪帮的大旗，就拿它代替吧，小拐把那面破旗铺在地板上，考虑了片刻说，把白狼用墨汁涂掉，画上一只猪头就行了，他们就是这么干的。

小拐的大姐锦红这时候从竹梯爬上了阁楼，你们在上面闹什么？都给我下去。锦红一转脸就发现了满地秽物，不由尖叫起来，该死，你们到底在干什么坏事？阁楼简直成了猪厩了。已经有人开始往竹梯前走，但是男孩小拐伸出他的九节鞭挡住了他们的去路。

谁也不许逃。男孩小拐声色俱厉，他说，仪式刚刚开始，谁也不许逃。

让他们走，小拐你快让他们走。锦红忙着要清扫地板，一边扫一边对男孩们说，要闹到外面闹去，你们把我家当公园啦？

你别管我们的事，下楼去，我让你下楼去。男孩小拐用鞭柄朝锦红背上戳了一下，我让你别管你就别管。

不准再闹了，要闹到外面去，别在阁楼上闹。锦红说着就用扫帚把男孩们往竹梯上赶，但是随着一声清脆的鞭击，少女锦红就像一只受惊的鸟尖叫着跳起来，她的手伸到背后去摸她的长辫，摸到的是一只失落的蝴蝶结和一绺断发。

是男孩小拐用九节鞭抽落了他姐姐的半截辫梢和辫子上的红蝴蝶结。那群男孩看见少女锦红因惊吓过度而异常苍白的脸，她的嘴哆嗦着似乎想骂小拐，但终于什么也没有说。而持鞭的男孩小拐坐在那面破旗上，眼睛里依然喷射出阴郁的怒火，他说，我让你别来管我的事，为什么你偏偏不听？

香椿树街两侧的泡桐树是最易于繁殖的落叶乔木，它们在潮湿而充满工业废烟的空气里疯狂地生长，到了来年的夏季，每家每户的泡桐树已经撑起一片浓密的树阴，遮盖了街道上方狭窄的天空。香椿树街的男孩也像泡桐一样易于成长，游荡于街头的少年们每年都是新的面貌和新的阵容，就像路边的泡桐每年都会长出更绿更大的新叶。

七五年之夏是属于少年小拐的。新兴的野猪帮在城市秩序相对沉寂之时犹如红杏出墙，吸引了人们的目光。在黄昏的街头，一群处于青春期的少年簇拥着他们的领袖，矮小瘦弱的少年小拐，他们挤在一辆来历不明的三轮车上往石灰厂那里集结而去。石灰厂外面的空地是他们聚会习武的最好去处，就在那里他们把校工老董的儿子绑在树干上，由小拐亲自动手给他剃了个丑陋的阴阳头，然后小拐用红墨水在董彪暴露在外的头皮上打了几个叉，据说这是被野猪帮列入黑名单者的标志。被列入黑名单的还有其他六七个人，甚至包括学校的语文教员和政治教员。

我知道少年小拐在制定帮规和戒条时煞费苦心，他告诉我天平他们的野猪帮是有严格的帮规和戒条的，由于保密小拐无从知道它们的内容。他对此感到茫然。后来少年小拐因陋就简地模仿了解放军的三大纪律八项注意条令，稍作修改用复写纸抄了许多份散发给大家，至于戒条则套用了一句流行的政治口号：人不犯我，我不犯人，人若犯我，我必犯人。

少年小拐面临的另一个问题是如何刺青。城里仅有的几个刺青师傅都拒绝替这群未成年的少年文身，而且拒绝传授刺青的工艺和技术。失望之余小拐决定自己动手摸索，他对伙伴们说，没什么稀罕的，他们不干我们自己干，只要不怕疼，什么东西都能刺到身上去。

新野猪帮的刺青最终失败了。他们想象用一柄刀尖蘸着蓝墨水在皮肤上刻猪头的形状，但是尖锐的疼痛使许多人半途而废，少年小拐痛斥那些伙伴是胆小鬼，他独自在阁楼上百折不挠地摸索刺青技术，换了各种针具和染料，少年小拐一边呻吟一边刺割着他的手臂，渴望猪头标志跃然于他的手臂之上，他的手臂很快就溃烂发炎了，脓血不停地从伤处滴落下来，在王德基每天的咒骂和奚落声中，少年小拐终于允许他姐姐锦红和秋红替他包扎伤口，他说，十天过后，等纱布拆除了，你们会看见我手臂上的东西。

拆除纱布那天少年小拐沉浸在一种沮丧的情绪中，他发现自己的冒险彻底失败了，手臂上出现的不是他向往的威武野性的猪头标志，而是一块扭结的紊乱的暗色疤瘢。少年小拐捂着他的手臂在家里嗷嗷地狂叫，就像一条受伤的狗。叫声使刚从纺织厂下班回家的锦红难以入睡，锦红烦躁地拍打着床板说，别叫了，让我睡上一会。少年小拐停止了叫喊，他开始用拳头拼命捶击阁楼的板壁，整座朽败的房子微微摇晃起来。锦红一气之下就尖着嗓门朝阁楼上骂了一句，我操你妈，你只剩了一条腿，怎么就不能安分一点？锦红骂完就后悔了。她看见弟弟小拐从竹梯上连滚带爬冲下来，手里举着一把细长的刀子，锦红从小拐阴郁而暴怒的眼神中判出他的可怕的念头，抱着枕头就跳下床，慌慌张张一直跑到门外。

锦红光着脚，穿着背心和短裤站在街上，手里抱了一只枕头，过路人都用询问的眼神注视着王德基家的女孩锦红。锦红你怎么啦？锦红脸色煞白，她不时地回头朝家里张望一眼，朝问话的那些人摇着头。锦红不肯告诉别人什么，她只是衣衫不整地倚墙站着，用枕头擦着眼里的泪，没什么，锦红牢记着亡母传授的家丑不可外扬的道理，她对一个追根刨底的邻居说，我跟小拐闹着玩，他吓唬我，他吓唬要杀我。

少女锦红很早就显露出南方美人的种种风情，人们认为她生在王德基家就像玫瑰寄生于一摊污泥之中，造化中包含了不幸。香椿树街的妇女们建议锦红耐心等待美好的婚姻，起码可以嫁一个海军或者空军军官，但是锦红在十九岁那年就匆匆嫁给了酱品厂的会计小刘，而且出嫁时似乎已经有了身孕了。街上有谣传说王德基曾和女儿锦红睡觉，但那毕竟是捕风捉影的谣言。真正了解锦红的当然是她妹妹秋红，锦红出嫁前夜姐妹俩在灯下相拥而泣，锦红对秋红说的那番话几乎使人柔肠寸断。

我知道我不该急着嫁人，可是我在这个家里老是担惊受怕，我受不了。锦红捂着脸呜咽着说，不如一走了之吧。

你到底怕什么？秋红问。

以前怕父亲，后来怕天平，现在怕小拐，锦红仍然呜咽着，她说，我一看见小拐的眼睛，一看见他那条断腿，心里就发冷，现在我最怕他。

小拐怎么啦？秋红又问。

没怎么，可我就是害怕，他迟早会惹下大祸。锦红最后作出她的预言，秋红注意到姐姐说话时忧心忡忡的表情，她想笑却笑不出来，这个瞬间锦红美丽的容颜突然变得苍老而憔悴了，这使秋红对锦红充满了深情的怜悯。

那天夜里少年小拐又出门了，王家的人对此已习以为常，他们临睡前用椅子顶在门上，这样不管何时小拐都可以回家睡觉。凌晨时分锦红姐妹被门口杂沓的脚步声惊醒了，起床一看小拐带着七八个少年穿过黑暗的屋子往后门涌去，秋红想去拉灯绳，但她的手被谁拽住了。别开灯，有人在追我们。秋红睡意全消，她试图去阻挡他们，你们又在干什么坏事？干了坏事就都往我家跑。少年们一个个从秋红身旁鱼贯而过，消失在河边的夜色中。最后一个是少年小拐，你别管我们的事，小拐气喘吁吁地把一匹布往秋红的怀里塞，然后他把通向河埠的后门反锁上，隔着门说，这匹布给锦红做嫁妆。

秋红回忆起那天夜里的事件一直心有余悸，布店的人带着几个巡夜的民兵很快就来敲门。锦红到阁楼上藏起那匹布，秋红就到门口去应付。来人说，让我们进去，偷布的那帮孩子跑你家来了。秋红伸出双臂把住门框两侧，她像一个成熟的妇女一样处乱不惊，秋红说，你们抓贼怎么抓到我家来了？难道我家是贼窝吗？布店的人说，你家就是个贼窝。这句话激怒了秋红，秋红不容分说朝那人脸上扇了记耳光。我操你八辈子祖宗，我让你糟蹋我们家的名声，秋红边骂边唾，顺手撞上了大门。她听见门外人的交谈仍然很不中听，一个说，王德基家的孩子怎么都像恶狗一样的？另一个说，一个比一个坏，一个比一个凶。秋红的一点恐慌现在恰巧被满腔怒火所替代，她对着门踢了一脚，高声说，你们滚不滚？你们再不滚我就拎马桶来，泼你们满身是粪。

少年小拐和伙伴们偷来的是一匹白色的棉布，这匹布令锦红啼笑皆非，锦红怀着一种五味混杂的心情注视着小拐和白布，她说，办喜事不能用白布，这是办丧事用的。锦红伸手在弟弟的头顶上轻抚了一下,这个举动意味着她最后宽恕了少年小拐。

没有人知道少年小拐和武界泰斗罗乾的关系是如何中断的,那种令人艳羡的关系也许持续了半年之久,也许只有短短的两三个月。我记得少年小拐后来不再谈及罗乾的名字,有人追问罗乾的近况时,小拐的回答令人吃惊,他用一种满不在乎的语气说,他中风了,不行了,现在我用一只手就能把我师傅拍死。然后少年小拐眉飞色舞地说起另一位大师张文龙的故事,那是风靡一时的龙拳的创始人,武功非凡,方圆百里的少年都梦想成为张文龙的门徒,但是张文龙只卖伤药不授武艺。他经常在北门吊桥设摊卖他的跌打风湿膏药,卖完药就卷摊走路,从来没有人知道张文龙的住处,胆大的少年去他的药摊前打听时,张文龙就拿一块膏药塞过来说,先掏钱把药买去,你们这帮孩子就缺伤药了,你们打吧,你们天天打架我的药就好卖了。当你死磨硬缠刺探他家的住处时,张文龙眨着眼睛说,我哪里有家呀?我天天在野地里为你们采药熬膏,夜里就睡在水沟里,睡在菜花地里。

你们知道张文龙的刺青刺了什么?少年小拐最后向他的伙伴提出了一个热门的问题。

是一条龙。有人回答道。

可是你不知道那是一条什么样的龙,少年小拐的神情显得非常冲动,他先在自己的腹部用力划了一下,龙头在这儿,然后小拐的手顺着胸前往肩部爬,最后在后背上又狠狠戳了一下,龙尾在这儿,你说这条龙有多大?小拐说着叹了口气,他的脸看上去突然变得幽怨起来,罗老头背上那条龙比起张文龙来算什么?汤司令和红旗他们的刺青就更提不起来了。

少年小拐羞于正视自己左臂上那块失败的刺青,说那番话时我注意到他的目光不时偷窥他的左臂,海魂衫肥大的短袖子遮掩了那片疤瘢的一半,另一半却袒露在夏日阳光里,我发现从那片疤瘢中无法看清猪头的形状,它们看上去更像秋天枯萎的黑红色的树叶。

这年夏天少年小拐疯狂地追逐着张文龙的踪迹,我听说他长时间地蹲在北门吊桥的药摊前,期待河上吹来的风卷起张文龙那件黑布衬衫的下摆,他渴望亲眼目睹那条恢宏而漂亮的盘龙刺青,大风却迟迟不来。少年小拐在一阵迷乱的冲动中向张文龙的衬衫伸出了手,听说小拐的手刹那间被张文龙夹在腋下,张文龙半愠半笑地说,你这孩子断了一条腿不够,还想再断一条胳膊吗?

桥上的遭遇对于少年小拐是一个沉重的打击,在张文龙匆匆离去后他仍然站在北门吊桥上,受辱后的窘迫表情一直滞留在他苍白的脸上,伙伴们的窃笑使少年小拐恼羞成怒,他对着桥下的护城河骂了一声,张文龙,我操你妈,再过五年,你看我怎么报一箭之仇。

谁都能发现少年小拐在受到伤害后情绪低落,他担心自己在新野猪帮内的地位受到损坏或者排挤,有一天我惊讶地发现他采取了杀鸡吓猴的做法,在一番关于张文龙籍贯的争执中,少年小拐突然缄口动手,他突然从皮带缝里抽出一把飞镖朝朱明身上掷去,你也想来反对我?小拐冷笑着审视朱明的表情,他说,我说他是东北人就是东北人,别来跟我犟。那把飞镖从朱明的耳朵一侧飞出去,朱明惊呆了,谁也没想到少年小拐突然翻脸,事后少年们对小拐的举动褒贬不一,支持小拐和同情朱明的人形成了两个阵营,据我所知这也是新野猪帮最后分崩离析的原因之一。

几天后少年们相约在石灰厂外面集合,准备搭乘长途汽车去清塘镇寻找一个姓王的刺青师傅,那个人是朱明家的亲戚,但是朱明和他的几个朋友却迟迟不来。小拐就派人去朱明家喊他。派去的人到了朱明家,看见几个人正围坐在桌前打扑克牌,朱明的脸上贴满了纸条,头也不抬地对人说,我们不去了,要去你们自己去吧,不过我提醒你们,清塘镇的人们比香椿树街的可野多了,小心让他们踩扁了抬回来。

聚集在石灰厂的少年们没有把朱明的话放在心上,他们拦住了去往清塘镇的长途汽车。去的时候大约有七八个人,当天回来的却只有三个人,而且都是鼻青脸肿的,他们提着撕破的衣服和断损的凉鞋从街上一闪而过,像做贼似的溜进各自的家门。他们告诉前来打听儿子下落的那些妇女说,小拐他们留在清塘镇了,清塘镇的人把他们扣起来了。侥幸逃离清塘镇的三个人惊魂未定,用一种夸张的语言描述那场可怕的殴斗。我们一下长途汽车就有人来撩拨逗事,也不知道是怎么打起来的,他们用的都是铁锆、锄头和镰刀,那么多人追着我们打,我们还来不及编队形就给他们打散了。

好好的他们为什么打你们？有人提出了简单的疑问。

不知道，他们说不准我们在清塘镇耀武扬威。

王德基家的秋红也挤在那堆焦灼而忙乱的妇女中间，她关心的自然是她弟弟小拐的情况，秋红刚想开口问什么，那三个少年几乎异口同声地说，小拐最惨了，他头上挨了一铁锴，开了两个洞。

他怎么啦？他不是会武功吗？秋红惊叫过后问。

他腿不好，跑不快，那么多人围上来，会武功也没有用。一个少年说。

他没带三节棍和九节鞭，光是一支飞镖对付不了人家的锄头铁锴。另一个少年表示惋惜说，小拐今天要是带上他的家伙就好了，我们也不会输那么惨了。

带上家伙也没用，清塘镇的人一个比一个野。再说小拐本来就不怎么样，我看见他第一个被清塘镇的人按在地上。第三个少年说起小拐却已经显得很轻蔑了。

旁边的秋红听到这里勃然生怒，她指着三个少年的鼻子说，一帮不知廉耻的杂种，你们知道小拐腿不好，跑不快，你们就不肯拉他一把？你们就不能背上他跑吗？

你说得轻巧！一个少年斜睨着秋红反驳道，那种时刻谁还顾得上谁？我背了小拐谁又肯来背我？

愤怒的秋红一时哑然失语，她的丰腴而红润的脸上不知不觉挂上了泪珠。人们都用一种隔膜而厌恶的目光注视着她，似乎没有人为秋红的一腔姐弟之情所感动。事实上那是一个混乱的人心浮躁的黄昏,人们关注的是自己的滞留在清塘镇生死未卜的儿子或家人,每个人的心情其实都是相仿的。

少年小拐和他的伙伴直到第二天早晨才返回香椿树街,负责解送的警察对围观的人们说,这次还幸亏没打出人命,否则就直接把他们送拘留所了。王德基和秋红也在街口等候,看见小拐他们依次爬下了卡车,王德基舒了一口气,他对旁人说,这帮孩子是不是吃了疯狗的肉?在街上闹不够,打架竟然打到清塘镇去了。那人问,回家要收拾你儿子吗?王德基被问得有点尴尬,从小收拾到大,就是收拾不了他,想想真奇怪。王德基苦笑一声,随后说了一句令人伤感的话,孩子他母亲搭上她一条命,换了这么个宝贝儿子,想一想真是奇怪。

少年小拐扶着墙与他父亲和姐姐逆向而行,他的头部缠着一条肮脏的被血洇透的纱布,看上去小拐显得出奇的从容而冷静。秋红跑过去想察看他头上的伤势,被他推开了。我死不了,小拐说,你回家去,别来管我的事。秋红就跟在他后面说,让你别打架你偏不听,这回好了,头上弄了个窟窿让人看笑话。街上的人都看着王家姐弟,看见小拐突然回过头打了秋红一记耳光,让你别来管我你偏不听,你为什么老是要来管我?小拐几乎是在吼叫,他的仇视的目光使秋红不寒而栗,秋红掩面坐在地上哭号起来,不管就不管,秋红绝望地拍打着地面,边哭边叫,我要再管你的事我就是畜生。

从清塘镇铩羽而归的少年们很快就聚集在朱明家门口,隔着窗子他们看见朱明那帮人仍然在桌前玩扑克牌，只是每个人的膝盖上都添了一根一尺多长的角铁，屋里的人对窗外的人显然已有防备，少年小拐和他的伙伴无法对朱明他们实施惩罚。叛徒，有人伏在窗台上对屋里的人喊。而少年小拐嘴里吐出的是一句江湖行话：君子报仇，十年不晚。他的声音听来冷峻而充满杀机。我看见他提起撑拐，用一种轻柔的动作在朱明家的窗户上捣了一个圆孔，屋里人朝外面张望了一眼，并没有作出任何反应，紧接着是一声哗啦啦的脆响，少年小拐挥舞着他的撑拐，砸碎了朱明家窗户上的每一块玻璃。

到了中秋节前夕，香椿树街的新野猪帮已经分裂成两派，人多势众的那派由少年小拐统辖，另外一派的六七个少年则死心塌地跟着朱明，他们从此开始了漫长的此长彼消的内战。我之所以如此清晰地记得这个时间概念，是因为那天香椿树街上弥漫着糖果铺煎制鲜肉月饼的香气，那种一年一度的香味诱使许多人聚集到糖果铺的煎锅前面。少年小拐他们和朱明他们的人就在那儿相遇了。我记得朱明他们一共只有三个人，三个人每人手里捧了一包月饼往人堆外挤，但是朱明突然被什么绊了一下，绊他的是小拐腋下的那根撑拐。

买那么多月饼独吃？好意思吗？小拐似笑非笑地说。

朱明没说什么，他迟疑了一会儿抓了两块月饼给小拐，但小拐没去接，他的表情已经显露出寻衅的端倪，我看见他用撑拐的底端拨了拨朱明拿月饼的手。

给兄弟们每人两块。小拐说。

你在玩我？朱明说，你以为我们怕你们？要打架约个地方和时间，我操，你真以为我们怕你们？

铁路桥下面怎么样？你要是嫌桥洞里不好上铁路也行，你要是带的人多就去石灰厂外面，或者就去石码头？随你挑，时间也随你挑。

我随你挑，你真以为我们怕你们？朱明的嘴里咬了一块月饼，含糊地嘀咕着往小拐他们的人圈外走。朱明带着两个人走出去几步远，没有明确回复小拐的挑衅，却说了一句莫名其妙的话，朱明说，他算什么人物？他姐姐跟他爹睡觉，肚子都睡大啦。

我看见少年小拐的眼睛里倏地迸出罕见的可怕的红光，他狂叫了一声，从别人手里夺过九节鞭，率先发起了对朱明他们的攻击。九节鞭准确地抽到了朱明的后颈上，小拐的伙伴们一拥而上，本来应该避人耳目的混战就这样猝不及防地发生了，糖果铺周围一片骚乱，女店员在柜台后面尖叫着，快去喊警察，要打出人命啦。更多的香椿树街人则训练有素地退到糖果铺的台阶上，或者爬到运货的三轮车上，居高临下地观望了少年小拐棍鞭齐发痛打朱明的场面，观望者们除了对少年小拐身残志坚的英武形象赞叹几声外，并没有太多的惊诧，虽然他们亲眼看见朱明他们满脸血污地在街上翻滚，这毕竟还是少年们之间的小型殴斗，生活在香椿树街的人们对此已经司空见惯。

平心而论中秋之战在小拐一方也并不光彩，谁都注意到朱明他们是赤手空拳的，而且人数少于小拐他们。另外他们选择的地点也缺乏考虑，糖果铺的煎饼锅最后被人群挤翻了，一锅热腾腾的鲜肉月饼全部倾倒在地，一些馋嘴的孩子和妇女趁乱捡走了好多月饼。糖果铺的女店员们一气之下去少年们就读的红旗中学告了状。

三天之后红旗中学的门口出现了一张布告，龙飞凤舞的毛笔字流露出校方卸除一份重负后的喜悦。被开除的名单很长，包括从初一到高二的几十名学生，有人用手卷成喇叭形状朗读着那份名单，其中包括了少年小拐常常被人遗忘的学名：王安平，而在糖果铺之战中吃了亏的朱明也遭到了校方同样的发落。

少年小拐当天下午在石码头听说了这个消息，伙伴们听见他发出一声难以捉摸的怪笑，怎么拖到现在才开除？少年小拐的笑声突然变得疯狂而不可抑制，他坐在一只空油桶上用右脚踢着油桶，笑得弯下了腰，我的教科书早都擦了屁股，他说，怎么拖到现在才开除？

白狼帮的红旗在九月的一个傍晚出狱归来，红旗提着行李东张西望地出现在香椿树街上时，人们一下子就认出了他。虽然在狱中的两年红旗已变成一个膀大腰圆的青年，虽然他的脑袋剃得光溜溜的胡须反而很长，但红旗的眼睛却像以前一样独具风格，它们仍然愤怒地斜视着。

现在看来红旗的狱中归来其实宣告了少年小拐的英雄生涯

的结束，很少有人敏感地觉察到这一点，少年小拐也许觉察到了，也许没有。他们在街口不期而遇时，红旗的嘴角浮出一丝含义不明的微笑，而双眼却习惯性地愤怒地斜视着少年小拐。那是一次典型的狭路相逢，但当时什么也没有发生，少年小拐避开了红旗的目光，他突然回首眺望不远处的铁路桥，桥上恰巧有一辆满载着大炮和坦克的军用货车通过。

少年小拐和他的伙伴们曾经暗中观察红旗的行踪，大多数时间红旗都在家门口拆卸自行车，或者站在家门口吃饭，偶尔他会朝门后唠叨不休的母亲骂几句粗话，红旗和城东白狼帮城西黑虎帮似乎中断了一切联系。唯一值得警惕的是朱明，朱明几乎天天去红旗家，红旗一出狱朱明就和他打得火热，不难看出势单力薄的朱明他们正在竭力拉拢新的盟友。

他去拉红旗有什么用？少年小拐极其轻蔑朱明的算盘，他对伙伴们说，你们千万别以为从监狱里出来的人就怎么样，红旗不怎么样，别看他样子凶，其实是个孬种。

小拐的这番话意在安抚日渐涣散的野猪帮的人心。到了九月他发现伙伴们中间弥漫着一种消极的恐慌的情绪，香椿树街上到处纷传说本地警察对少年帮派的第二次围捕就要开始。每当谁向他提起这个话题时，小拐就显得极不耐烦，你怕吗？他说，你怕就到你妈怀里吃奶去。说话的人于是极力否认他的恐惧，小拐就笑着甩出他的口头禅，东风吹，战鼓擂，现在世界上究竟谁怕谁？

我们想象中的警车云集香椿树街的场面没有出现，它们驶过香椿树街街口去了城东，也去了城西，唯独遗漏了铁路桥下面的这个人口和房屋同样稠密的地区，或许香椿树街与城市的其他角落相比是一块安宁净土，或许警察们是有意把街上的这群少年从法网中筛了出来。尖厉的令人焦虑的警车汽笛在深夜戛然而止，那些夜不成寐的妇女终于松了口气，她们看见儿子仍然睡在家里，她们觉得一个关口总算度过去了。那些妇女中当然包括少年小拐的姐姐秋红，秋红在夜空复归宁静后爬下阁楼，察看了弟弟小拐的床铺，小拐正在酣睡之中，小拐竟然睡得无忧无虑，这使秋红心里升起无名之火，贱货，秋红一边唾骂自己一边回到阁楼上，她对自己发誓说，我要再为那畜生操心我就是个不折不扣的贱货。

　　男孩小拐幸运地逃脱了九月的大搜捕，这使他们得以重整旗鼓，更加威风地出现在香椿树街上。不久少年小拐在石码头召集了野猪帮的聚会，宣布将朱明等六人开除出野猪帮。就在这里少年小拐突然向伙伴们亮出一面大红缎子的锦旗，旗上新野猪帮四个大字出于小拐亲笔，笨拙、稚气却显得威风凛凛。至于这面锦旗的来历，少年小拐坦言是从居民委员会的墙上偷摘的，本来那是一面卫生流动红旗。我有幸参加了新野猪帮的石码头聚会，记得在那次聚会中少年们处于大难不死的亢奋中，他们商讨了惩治叛徒朱明和去西汇湾踩平那里新兴的小野猪帮的计划，谈的更多的当然是座山雕的刺青技术，座山雕与小拐死去的哥哥是割头兄弟，他与红旗几乎同时出狱归来，作为对天平的一种悼念，座山雕答应为少年小拐在手上刺一只猪头，但是他只肯为小拐一个刺青。少年小拐注意到伙伴们对此的不满情绪，最后他安慰他们说，明天我先去，我会把座山雕的刺青技术学来的，等我学会了再给你们刺，别着急，每人手臂上都会有一只猪头的。那天石码头上堆放着化工厂的一种名叫苯干的货物，苯干芳香而强烈的气味刺激着少年们的鼻喉和眼腺，许多人一边打喷嚏一边流泪，它给这次聚会带来了强制性的悲壮气氛，恰巧加深了少年们对最后一次聚会的回忆。我看见少年小拐后来对着河上的驳船挥舞那面野猪帮的红旗，一边狂呼一边流泪，但是我并不知道那是小拐一生中最后的辉煌时刻。

少年小拐是在去刺青的路上遭到红旗和朱明的伏击的，后者选择的时机几乎是天衣无缝，令人怀疑其中设置的骗局和精心策划，或许是小拐朝夕相守的伙伴里出现了奸细，或者是小拐所信赖的座山雕参与了这次阴谋也不得而知。作为少年小拐的知心朋友，我清晰地记得他遭到伏击的时间是黄昏，地点是在香椿树街北端的羊肠弄。

去座山雕家必须通过狭窄的仅容一人通过的羊肠弄，羊肠弄的一侧是居民的后窗和北墙，另一侧是五金厂的后门和破败的围墙，红旗就是从围墙的断口突然跳到少年小拐身上的，小拐来不及拔出腰带里的匕首，在短短的一个瞬间他意识到一直担心的伏击已经来临，他后悔单身一人来刺青，但是一切都无法改变。他看见朱明和几个人从五金厂的后门和弄堂口朝他包抄过来。

你们搞伏击，这么多人对付我一个，传出去多丢脸。少年小拐被那帮人抬了起来，他的声音悲壮而愤慨。

我们不管什么丢脸不丢脸的，我们今天就是要把你摆平。朱明说。朱明的脸上洋溢着申冤雪耻的喜悦。

山中无老虎，猴子称大王，好好的香椿树街让你这个小瘸子称王称霸？红旗一直揪着少年小拐的耳朵，他指挥着朱明他们把少年小拐抬进了五金厂的后门。五金厂的工人已经下班，由几间破庙宇改建的厂房静悄悄的，小拐不知道他们把他弄到这里来干什么。他不知道他们到底想对他干什么。他现在无力挣脱那么多双手的钳制，于是也就不想挣脱了，他想呼救但喉咙也被老练的对手红旗卡住了，少年小拐突然对眼前事物产生了一种似曾相识的感觉，他记得九岁那年在铁路上发生的灾祸，当那列火车向他迎面撞来的时候，他也是这种无力挣脱的状态，他也觉得有一双手牢牢地钳住他的腿，有一个人正在把他往火车轮子下面推。

他们把少年小拐抬到了一台冲床旁边，朱明拉上了电闸后冲床开始工作，而红旗坐在冲床后面朝小拐挤了挤眼睛，冲床的钻头正在一块钢片上打孔，嘎嘣、嘎嘣，富有韵律和残酷的美感。现在少年小拐终于知道了红旗新奇的出人意料的绝招，他听说红旗发明了一种讨巧的置人于死地的办法，原来就是他天天操作的冲床。

把他那条好腿搬上来。红旗命令朱明，红旗的嘴里发出一种亢奋的哂笑，他说，快点，让我来试试冲人的技术，冲人比冲刀片难多了。

别碰我的好腿。别碰它。少年小拐的目光注视着冲床上下律动的钻头,不难发现他的目光从好奇渐渐转向恐惧,他的尖厉的抗议声也渐渐地变成一种哀告,别碰我的好腿,你们干什么都行,千万别碰我的好腿了。

据朱明后来告诉别人说,小拐那天跪在冲床边向他求饶,向红旗和其他人求饶,他的可怜而卑琐的样子令人作呕。朱明和红旗让他过了第一关,但是第二关却是由座山雕控制的。从五金厂的后门出来,他们按照事先的约定把少年小拐挟到座山雕家里,五六个人按住半死半活的少年小拐,由座山雕为他刺青,刺的不是小拐想象中的野猪标志,而是歪歪扭扭的两个字:孬种。刺青的部位不在常见的手臂上,而在少年小拐光洁的前额上,座山雕在完成了他蓄谋已久的工程后得意地笑了,他说的话与红旗如出一辙,山中无老虎,猴子称大王,香椿树街怎能让一个小拐子称王称霸?

我知道那么多人出卖少年小拐缘于一个简单的事实,他们无法容忍少年小拐在香椿树街的风光岁月,尽管那是短暂的昙花一现的风光岁月。命运如此残忍地捉弄了小拐,他额上的孬种标志是一个罕见的物证。

香椿树街的人们后来习惯把王德基的儿子叫做孬种小拐,孬种小拐在阁楼和室内度过了他的另一半青春时光,他因为怕人注意他的前额而留了奇怪的长发,但乌黑的长发遮不住所有的耻辱的回忆之光,孬种小拐羞于走到外面的香椿树街上去,渐渐地变成孤僻而古怪的幽居者。

　　孬种小拐的两个姐姐出嫁后经常回来照顾父亲和弟弟的生活，有一次锦红和秋红到阁楼上清理出成堆的垃圾，其中有小拐儿时的百宝箱，姐妹俩在百宝箱里发现了一些霉烂的布卷，打开来一看像是旗帜，旗上画的野猪图案依然看得清楚，锦红皱着眉头问孬种小拐，这是什么鬼旗子？孬种小拐没有回答，秋红在一边说，把它扔掉。然后姐妹俩开始收拾床底下的那些刀棍武器，锦红抓着三节棍问孬种小拐，这东西你现在用不着了吧？扔吗？孬种小拐仍然没有回答，他坐在阁楼面向街道的小窗前，无所用心地观望着街景。秋红在一边说，什么三节棍九节鞭的，都给我去扔掉，留着还有什么用？后来姐妹俩从箱子里倒出许多铜圈、铜锁、铜片来，阁楼上响起一阵铜片相撞的清脆的声音，孬种小拐就是这时候回过头阻止了秋红，他对她说，把那些铜圈给我留下，我一个人没事的时候可以钉铜玩。

　　作为孬种小拐唯一的朋友，我偶尔会跑到王德基家的阁楼上探望孬种小拐，他似乎成了一个卧病在家的古怪的病人，他常常要求我和他一起玩儿时风行的钉铜游戏，我和他一起重温了钉铜游戏，但许多游戏的规则已经被我们遗忘了，所以钉铜钉到最后往往是双方各执一词的争吵。对于我们这些在香椿树街长大的人来说，温馨美好的童年都是在吵吵嚷嚷中结束的，一切都很平常。

（1993年）

舒家兄弟

关于香椿树街的故事,已经被我老家的人传奇化了。在南方,有许多这样的街道,狭窄、肮脏,有着坑坑洼洼的麻石路面,谁要是站在临街或者傍河的窗子边,可以窥见家家户户挂在檐下的腊肉、晾晒的衣物,窥见室内坐在饭桌前吃饭的人以及他们一整天的活动。所以我要说的也许不是故事而是某种南方的生活。如此而已。

舒工和舒农是兄弟俩。

涵丽和涵贞是姐妹俩。

而且他们住在同一栋房子里,香椿树街十八号。十八号是发黑的老楼,上下两层。舒家住楼下,林家住楼上。他们是邻居。十八号的房顶是平的,苫一层黑铁皮。那房顶上伏着一只猫,这是十五年前我站在桥头眺望时留下的印象。

印象中还有那条河。河横贯香椿树街,离十八号的门大约只有一米之距。我的叙述中会重复出现这条河,也许并无意义,我说过这只是印象而已。

舒工是哥哥,舒农是弟弟。

涵丽是姐姐，涵贞是妹妹。

舒家兄弟和林家姐妹的年龄就像人的手指一样有机排列，假如舒农十四岁，涵贞就是十五岁，舒工就是十六岁，涵丽就是十七岁，他们真的像一个人的手指紧紧地并拢着，掰也掰不开。他们是一个人的四根手指，还有一根手指在哪里？

舒农是个畏畏葸葸的男孩。舒农是个黄皮鬼。在香椿树中学的简陋教室里，坐在中间第一排的就是舒农。他穿着灰卡其布学生装，左右肘下各缀一块规则的补丁，里面是他哥哥穿旧的蓝运动衫，领口上有一条油腻的黑线。香椿树中学的教师们普遍厌恶舒农，因为舒农总是半趴在桌上抠鼻孔，他的眼睛直勾勾地盯着教师，富有经验的教师知道那不是在听讲。你用教鞭敲他的头顶，舒农会发出碎玻璃一样的尖叫声，他说，"我没讲话！"教师们往往不爱搭理他，他毕竟不是最调皮的学生，但他们受不了舒农阴沉的老年化的眼神，教师就骂舒农，"你这个小阴谋家。"而且，舒农的身上经常散发出一股尿臊味！

舒农十四岁了还经常尿床。这是秘密之一。

起初我们不知道这个秘密，秘密是涵贞泄露出来的。涵贞是个爱吃零食的女孩。她很馋，她偷家里的钱买零食吃。有一天她没偷到，她在糖果店门口犯愁的时候看见舒农拖着书包走过来，涵贞对舒农说，"借我两毛钱！"舒农想从她身边绕过去，但涵贞拉住舒农的书包带子，不让他走，涵贞说，"借不借吧？小气鬼。"舒农说，"我没钱，我身上只有两分钱。"涵贞撇了下嘴，就把书包带悠起来砸到舒农脸上。涵贞叉着腰对我说，"你们别跟他玩，他这么大还尿床呢，天天要晒被子！"我看见涵贞说完就扭着腰朝学校跑了。舒农捂着脸站在那儿不动弹，他阴沉沉地望着涵贞胖胖的背影，后来他瞟了我一眼，也是阴沉沉的。我真的记得舒农十四岁时的可怕的眼神，活像一个天才的少年囚犯。我对舒农说，"走吧，我不告诉别人。"舒农摇摇头，舒农把手指狠狠地伸进鼻孔，抠了一下两下，他说，"你走吧，我今天不想上学了。"

舒农旷课是经常的事，谁也不奇怪。我猜他是要采取什么行动回报涵贞，这也不奇怪。舒农是有仇必报的人。

第二天涵贞跑到办公室报告老师，说舒农在她的被窝里塞了五只死老鼠，一卷钢丝鬃子，还有十几颗图钉。教师们答应好好训舒农一顿，但是第二天舒农继续旷课没来上学，接着第三天是涵贞母亲丘玉美来了，她带来一碗米饭，让校长用鼻子闻。校长说怎么回事，丘玉美说舒农在我家的饭锅里撒了一泡尿！办公室外面围了好多人，刚在教室露面的舒农被体育教师提溜进去，扔在墙角里。校长问丘玉美，"他来了，你看怎么处理他？"她就说，"这也好处理。让他自己把碗里的饭咽进去，他就知道该不该干这事了。"校长考虑了几秒钟说好像也是个办法，校长端着那碗饭走过去放到舒农面前。校长说，"你给我吃掉它，让你自食其果吧！"舒农垂着头把手插在裤袋里，玩着一串钥匙，若无其事的样子。校长听见那串钥匙在舒农肮脏的裤袋里丁丁冬冬地响，他被激怒了，我们看见校长突然摁住了舒农的头,舒农的头被摁住往下压,他的嘴贴近了那碗米饭,他下意识地舔了一口,紧接着就像一条小狗一样吼了一声,噗地吐了出来。舒农脸色煞白挤出办公室时,嘴角上还黏着一颗米粒。围观者都哄堂大笑。

那天傍晚我看见舒农在石灰场的乱石堆上晃来晃去,他拖着书包,把枯树枝从垃圾里踢出来,他的脸一如平常萎靡不振。我好像听见他对谁说,"我要操翻林潞贞。"那个声音尖声尖气的,好像一个女孩子对卖糖的人说我要一个糖娃娃一样平淡无奇。"我要操翻丘玉美!"他还说。

有一个男人爬在十八号的楼顶上,远远地看过去他像是在修葺屋顶。那就是舒农的父亲,街上人喊他老舒,我们就喊他老舒好了。我老家的人都认为老舒是个人物。印象中老舒是个健壮的矮个子男人。他好像是个建筑工或者是管道工。反正他精于各种活计。要是谁家水管漏水电表坏了,女人就说,"去找老舒吧。"老舒其貌不扬,但是香椿树街的女人们都喜欢他。现在看来,老舒是个风流家伙,香椿树街的风流家伙不少,老舒是一个。这是我的观点。

比如现在一群织毛线的女人也看见了十八号楼顶上的老舒,她们会议论有关老舒的风流韵事,说得最多的是老舒和丘玉美怎么样怎么样。我记得有一次走进酱油店时听见打酱油的女人对卖咸菜的女人说,"林家的小姐妹俩都是老舒生的!你看丘玉美那骚样!"酱油店里经常爆出这种奇闻来,吓你一大跳。丘玉美从店外走过,她没听见。

舒家兄弟 45

如果相信了女人们的流言蜚语，你看见林涵贞的父亲老林就疑惑了，那么老林是干什么吃的？

比如现在是夏日黄昏，还有一个男人在手帕厂门口跟人下棋，那就是老林。老林每天都在那里跟人下棋，有时候涵贞或者涵丽把饭送到棋摊边。老林戴着深度近视眼镜，他看上去并没有异禀，但有一回他跟人赌棋赌输了，就真的把一只"炮"咽进了嘴。结果是涵丽把他的嘴掰开，硬是把棋子抠出来了。涵丽掀了棋盘，挨了老林一记耳光。涵丽跺着脚哭，"还下还下，把棋子吞进肚活该！"老林说，"我愿吞什么就吞什么，关你屁事！"观棋的人都笑，他们都是喜欢老林这种脾性的。他们也喜欢涵丽，涵丽人漂亮心也好，街上对涵丽涵贞姐妹有一致的评价，姐姐讨喜妹妹讨厌。

该出场的人物都已出场，剩下的是舒工和他母亲。舒家女人没什么可说的，她胆小怕事，像一只鼹鼠在十八号楼下悄悄地烧饭洗衣，我对她几乎没什么印象。而舒工却很重要，他曾是香椿树街少年们崇拜的偶像。

舒工的唇须已经发黑，有点斯大林的八字型。

舒工眉清目秀，脚蹬一双上海产的白色高帮回力鞋。

舒工在石灰场和城西的人打过群架，而且他会谈恋爱。你知道舒工和谁谈恋爱？

和涵丽。

现在想想十八号两家人的关系是很有意思。

舒工和舒农原先睡一张床，哥俩夜里总是闹纠纷。舒工睡得好好的便会吼起来，他使劲地朝舒农踹一脚，"又尿了，你他妈又尿床了。"舒农不吭声，他在黑暗中睁大眼睛听着楼顶上夜猫的脚步和叫声。舒农已经习惯了舒工对他的拳打脚踢，他知道舒工有理由这么干。他总是尿床，而舒工从来都是干干净净的。况且他也打不过舒工。舒农觉得他对舒工不能硬拼，要讲究战术策略。他想起某人在石桥上挨揍后说过一句深奥的话：君子报仇，十年不晚。舒农懂得这句话的含意。有一夜他在挨舒工一顿拳脚后慢慢地说，"君子报仇，十年不晚。""你说什么？"舒工没听清，他爬过来拍拍舒农的脸，"你说什么报仇？"舒工自己笑起来，"你这不中用的东西，你知道报仇？"舒工看见弟弟两片嘴唇在黑暗中闪着白光，像两条蛆蠕动着。他重复着那句话。舒工用手捂住弟弟的嘴，"睡觉，闭上你的臭嘴吧。"舒工找了块干净的地方躺下，听见舒农还在说话。他说舒工我要杀了你。舒工又笑起来，"那我给你找把菜刀吧。"舒农说，"现在不，以后再说吧，反正你要小心点。"

　　好多年以后舒工常常想起舒农在黑暗中闪着白光的嘴唇，像两条蛆一样不倦地蠕动着。舒工再也不能忍受和舒农睡一床的苦处，他对父母说，给我买张床，要不我就睡到朋友家去，不回来了。老舒愣了一下，老舒说，我才发现你长大了。老舒把儿子的胳膊拉起来，看看他的腋毛，"好吧，长了不少，明天买一张钢丝床来。"

　　后来舒农就一个人睡。这也是舒农十四岁时的事。

舒农从十四岁开始一个人睡。舒农发誓从分床的第一夜起不再尿床，比如这是一个被人遗忘的秋夜，舒农的苦闷像落叶在南方漂浮。他睁大眼睛躺在黑暗中，听见窗外的香椿树街寂静无比，偶尔有一辆卡车驶过，他的床便微微颤动起来。这条街没有意思，长在这条街上更没意思，舒农想。舒农想一些不着边际的事情，后来就累了。在困倦中他听见舒工的床在咯吱咯吱地响，响了很长时间。"你在干什么？""不要你管，睡你的觉，尿你的床去。"舒工恶狠狠地回答。"我再也不尿床了。"舒农腾地坐起来，"今天夜里我就是不睡觉也不尿床！"舒工没吱声，很快地响起了舒工的鼾声。舒农厌烦他的鼾声，他想舒工最没有意思，他是个欠揍的混蛋。舒农坐在床上看着后窗，他听见一只猫从窗台上跳走，又爬上了屋顶。舒农看见了那只猫暗绿色的眼睛，就像两盏小灯自由地闪耀，猫没有人管，它可以轻捷地走遍世界每一个角落。舒农想做猫比做人有意思。

做猫比做人有意思，这是舒农十四岁时对生活的看法。

假如这个夜晚有月光，舒农极有可能看见爬在漏雨管上的父亲。舒农突然看见一个人爬在窗边的漏雨管上，他熟稔而轻巧地往上爬，仿佛一只巨大的壁虎。舒农只害怕了短短的一瞬间，就将脑袋伸出窗外，抓住那人的腿。"你在干什么？"舒农很快发现那是他父亲，老舒用手上的拖鞋敲敲他的头顶，"好儿子别吱声，我上楼修水管去。""楼上漏水吗？""漏了一地，我去修修。"舒农说，"我也去。"老舒吐了口气，退回到窗台上。他光着脚蹲在窗台上,两只手卡住舒农的脖子,老舒说,"快躺下睡你的觉,只当什么也没看见,要不我就卡死你。真的卡死你,听见吗?"

舒农感觉到父亲手上刀刃般的切割,他闭上眼睛,那双手松开了,然后他看见父亲的手搭在什么地方,父亲纵身一跃,仿佛一只巨大的壁虎,爬到楼上去了。

后来舒农仍然坐在床上,他不想睡觉。听见楼上女人丘玉美的房间地板咚地响过一声然后什么也没有了。这是怎么回事?舒农想那只猫呢,猫如果在屋顶上会不会看见父亲和丘玉美在干什么?舒农十四岁老想这些问题,这些问题也像落叶在南方盲目地漂浮。到凌晨的时候外面有鸡在打鸣了,舒农突然发现他刚才睡着了,睡着后又尿了。舒农瞪大眼睛绞着湿漉漉的短裤,那股尿臊味使他喘不过气来。我怎么会睡着了?怎么又尿了?他想起夜里的发现恍然若梦。谁在逼我睡觉?谁在逼我尿床?一种绝望的感觉袭上心头,舒农一边脱被尿湿的裤子,一边开始呜咽。舒农十四岁经常这样呜咽,像女孩一样。

有一次舒农问过我一个奇怪的问题,他总是提出种种奇怪的问题,你不好回答,而他自己对此胸有成竹。

做人好还是做猫好?

我说当然做人好。

不。猫好。猫自由。没有人管。猫可以在屋檐上走。

我说那你就去做猫吧。

你说人能不能变成一只猫？

不能。猫是猫生的，人是人生的，你连这也不明白？

我明白。我是说人能不能把自己变成一只猫？

我说那你试试看吧。

舒农说我是要试试，不过在我变猫之前还有许多事要干。我会让你们大吃一惊的。舒农的牙齿咬着肮脏的指甲，轻轻发出折断的声音。

说到涵丽，涵丽是香椿树街出名的小美人儿。而且涵丽的心像一垛春雪那样脆弱多情。涵丽不敢看别人杀鸡，她不吃鸡。她看见带血的呈死亡状的东西都害怕，这几乎成了她性格的重要特征。舒工和舒农小时候经常把鸡血放在楼梯上吓林家姐妹，涵贞不怕，但涵丽总是吓得脸色煞白。涵丽的恐惧总是激起舒家兄弟的残暴幻想。怎么回事呢？几年以后舒工回忆起涵丽小姑娘的事情内心就很复杂。舒工的恶作剧过后每次都遭到老舒的毒打，老舒把舒工摁在地上，先用湿毛巾堵住他的嘴，不让他叫喊，然后老舒脱下劳动皮鞋抽打他的脸，一直扇到疲累为止。老舒就去睡觉，撂下舒工半死半活地躺在地上。舒工的脸像一块破碎的红玻璃，他把嘴里的湿毛巾咬成一团破絮。怎么回事呢？舒工实际上早就把涵丽当成他自己的东西玩耍了。涵丽像一只蝈蝈在他手掌上叫着，而他不会放手，他紧紧地抓住涵丽不放手。一个奇怪的现象，我老家的人对舒工和涵丽的事情始终茫然不解，只好把一切归结为前世冤家。

比如这是春夏交替的季节。舒工在水池边洗脸，他听见楼上有人下来，站在他后面。舒工回头看见涵丽端着脸盆站在楼梯边上。涵丽穿了一条花裙子。涵丽的头发刚洗过，乌黑发亮地披垂在肩上。舒工头一次发现涵丽的漂亮，然后他低头从水盆里看见自己的浮影，他看见自己唇上的胡须像一丛黑草在水中荡来荡去。他发现自己也很神气，与此同时他闻到一股特殊的言语不清的腥味萦绕在身上，他知道那是从他的短裤上散发出来的。那种东西他来不及洗掉就又穿上了。他回头去看了看涵丽，涵丽的脸侧过去躲着他的目光。不知道涵丽有没有闻到那种气味？舒工心里乱糟糟地长出一些幻想，幻想像一棵草茎逗着他的生殖器，勃起来。舒工倒掉了一盆水，重新又放一盆水，他其实是想拖长时间澄清脑子里的某种欲望，他听着水哗哗地溢出盆外，又满了，但他还不知道想干什么。他明明想对涵丽干一件事情但却不知道怎么干。怎么干？舒工有点想清楚了，他把毛巾搭在肩上，走到楼梯下的杂物间去。他掩上门迅速地褪下短裤，他紧张地看上面的白色污迹，然后套上长裤。舒工捏着他的短裤径直走到水池边，他把它猛地塞进了涵丽的脸盆里，它一下子被浸透了沉到盆底，正在洗脸的涵丽吓得跳到了一边。

"什么？"涵丽尖叫着长发披挂了一脸。

"没什么，你给洗一下！"舒工把短裤拎了拎说。

"为什么让我洗？我要洗裙子。"

"我让你洗你就得洗，否则自讨苦吃。"

"我早就不怕你了。你的东西你自己洗。"

"真的，你说你不怕我了？"舒工咧开嘴笑着，他凝视着涵丽不安而愤怒的脸。他看见粉红色的血正从女孩的身体深处浮涌到她的皮肤下面，他总是看见涵丽粉红色的血。所以大家说涵丽漂亮。舒工这样想着猛地端起那盆水，朝涵丽脸上泼去。"哗"的一声，奇怪的是涵丽没再叫喊，她浑身湿透地站着，木然瞪着舒工。然后她抱着肩颤抖起来。她的头发上掉下好多晶莹的水珠来。

"把它捡起来！"舒工踢了踢掉在地上的蓝短裤。

涵丽抱着肩朝楼梯上看看，她仍然抱着肩站着。

"别看，这会儿没有人，有人也不怕，谁也别来惹我发火。"舒工说。

涵丽弯下腰把舒工的蓝短裤捡起来，扔到盆里。

"把它洗掉！"舒工说。

涵丽打开水龙头，她闭着眼睛在盆里搓了一会儿，眼睛就睁开了。她说，"肥皂，你给我拿一块肥皂来。"舒工就拿了一块肥皂递给涵丽。舒工抓住她的手腕狠狠捏了捏，不是抚摸，是捏。香椿树街有一种说法，说舒工和涵丽就是这样开始恋爱的。这种说法让人难以接受，但是直到现在也没有第二种说法。我们只能相信香椿树街，就这么回事。

即使到了百年以后，人们仍然怀念横贯南方城市的河流。我们的房子傍河建立，黑黝黝地密布河的两岸。河床很窄，岸坝上的石头长满了青苔和藤状植物。我记得后来的河水不复清澄，它乌黑发臭，仿佛城市的天然下水道，水面上漂浮着烂菜叶、死猫死鼠、工业油污和一只又一只避孕套。

这就是南方景色。为什么有人在河岸边歌唱？为什么有人在这儿看见了高挂桅灯的夜行船呢？香椿树街不知道，河岸边的香椿树街一点也不知道。

而这个深夜舒农第一次爬上了楼顶。

舒农觉得自己像一只猫，他光着脚在积满飞尘的楼顶上走动，一点也听不见声音。世界寂寥无声，舒农只听见自己心脏的狂跳。他走到天台的边缘，手攀住铁质晾衣架蹲下身去。这样他从气窗清晰地看见了二楼丘玉美在床上做什么。

在微弱的台灯下，丘玉美赤裸丰满的身体是蓝色的，舒农奇怪的就是她在夜间身体所散出的蓝色。她为什么发蓝呢？舒农看见矮小粗壮的父亲一次次撞击丘玉美的身体，那种蓝色迅疾地迸裂迅疾地凝固，仿佛永恒的光晕刺激他的眼睛。他们快死了！他们到底要干什么？舒农看见父亲的脸最后痛苦扭歪了，而丘玉美像一条蛇在床上甩来甩去。他们真的快死了！黑暗很快淹没了他们的脸和腹部。房间里涌出河水的浊重的气息。舒农闻到了这种气息，它让人联想起河上漂浮的那些脏物。河就在窗下流着，河与窗隔这么近，所以窗里的气味把河水染上了，它们一样对舒农构成了思维障碍。舒农觉得身边的世界变了样，他发现自己真的像一只猫，被黑暗中又腥又涩的气息所迷幻，他咪呜咪呜叫着，寻觅自己的一份食物。

舒农就是从这夜起开始偷窥他父亲和丘玉美的隐私的。

舒农一边偷窥一边学猫叫。

舒农想象他是一只猫,他一边偷窥一边学猫叫。

每次都有一只白色的小小的东西从二楼窗口丢下去,落在河里。舒农看不清那是什么,他只知道是父亲用的东西。有一回舒农从楼顶上下来,径直走向河边。他看见那东西漂在水上,像一只瘪破的气球。他捡起一根树枝把它挑上了岸,在月光下它白得耀眼,抓在手上的感觉就像一只小动物,柔软,滑溜。舒农把它藏在口袋里带回屋去睡觉。睡了一会儿舒农突发异想,他把那只套子掏出来,擦干净了,然后他屏住气把套子套在自己的小家伙上面,有一种神奇的力量进入舒农的意识。舒农这夜睡得十分香甜,早晨醒来他发现自己没有遗尿,他很高兴,但不明白这是怎么回事。怎么回事?

传说河里打捞的套子止住了舒农的毛病,如果你觉得无聊,可以不相信这种传说。

很长一段时间,没人知道舒农在十八号楼顶上的夜游。直到老舒有一次发现抽屉里的钱少了两块,他去翻两个儿子的口袋。在舒工的口袋里发现了一块多钱和一包香烟,在舒农的口袋里却发现了三只避孕套。显然,避孕套的出现更让老舒惊诧和愤怒。

老舒先把舒工绑在床上,老舒对儿子的责罚在香椿树街以独特著称。老舒从儿子的烟盒中抽出一支烟,点燃了猛吸几口。他问被绑紧了的舒工,"你想抽吗?"舒工摇头。老舒说,

"给你抽,你不是想抽烟吗?"老舒说完就把点燃的烟塞进舒工的嘴里,舒工被烫得嚎叫起来。老舒捂住他的嘴不让他叫喊,老舒说,"别鬼嚎,烫就烫这一下,烟马上就灭,明天你想抽烟还可以抽。"

对于舒农的责罚比较麻烦,因为老舒摸不清舒农到底是怎么回事。老舒把舒农叫到小房间来时忍不住想笑,他把那三只避孕套摊在手上,问舒农:

"你知道这是什么东西?"

"不知道。"

"你从哪儿弄来的这东西?"

"河里,我捞的。"

"你捞了它想干什么?你不是吹泡泡玩吧?"

舒农不说话了。老舒看见儿子的眼睛突然闪烁出一点很深的绿光。然后他听见儿子声音沙哑地说:

"那是你的。"

"你说什么?"这时候老舒意识到出了问题,他卡住舒农的脖子摇着那个小头颅,"你怎么知道是我的?"

舒农被卡得脸色发紫,他不愿说话,只是茫然地盯着父亲,他的目光从父亲的脸部下伸,越过那个粗壮的身体,最后落在父亲的裤洞处。你在看什么?老舒开始刮儿子的耳光。舒农微微侧过脸,但目光固执地定在父亲的裤洞处。他又看见了那种幽亮的蓝色,蓝色使他有点晕眩。老舒开始抓住儿子的头发将他往墙上撞,你在偷看什么?你他妈的在偷看什么?舒农

舒家兄弟 55

的头一下一下撞着墙,他不觉得疼痛,他看见眼前蓝色光点像蜂群飞舞,他听见有一只猫在楼顶那儿狂叫,猫叫声与他融为一体。

"猫。"舒农舔舔被打碎的牙龈,无力地说。

老舒不明白儿子在说什么。"你说猫在偷看?"

"对,是猫偷看。"

香椿树街的人们从十八号窗前经过时,看见老舒在拼命揍舒农。他们聚在窗外观看。香椿树街认为男孩都是揍大的,他们习以为常。让人疑惑的是挨揍的舒农,他不哭叫,他好像有能力忍受任何皮肉之苦,这与往日迥然不同。

"舒农怎么啦?"窗外有人问。

"尿床!"老舒在窗内回答。

没有人有疑问,舒农尿床的事在香椿树街早已众所周知了。香椿树街人对事物很敏感,但不善于采用透过现象看本质的方法,当舒农的破坏倾向初露端倪时,他们仍然相信舒农十四岁了,舒农还在尿床,其他的一无所知。

舒农十四岁那年已不再尿床,但是没有人相信。或者说人们对舒农尿床感兴趣,但对他不尿床却不感兴趣。譬如舒农的头号仇敌涵贞,涵贞一边跳皮筋一边唱:

一四七 二五八

舒农是个尿床胚

涵丽很少跟她妈妈说话，涵丽曾经对要好的女同学说，她是个骚货，我瞧不起她。

有人猜测涵丽是知道自己的血缘故事的。香椿树街的女人中有一半是丘玉美的仇敌，她们会告诉涵丽。更关键的是涵丽那么聪慧早熟，即使没人说什么她也会有所察觉的。纸怎么能包住火？

好多年了涵丽不跟老舒说话。涵丽十七岁生日时老舒买了一条围巾送给涵丽，涵丽装耳聋把老舒晾在楼梯边。老舒把围巾给丘玉美了。丘玉美要把围巾给涵丽围上，涵丽一把抢过来丢在地上，还吐了一口唾沫。

"谁希罕？不明不白的。"涵丽说。

"老舒喜欢你才给买的，别不识好歹。"

"他干嘛要喜欢我？不明不白的。"

"你说什么不明不白的？"

"你们心里清楚。"

"我不清楚，你给我说个清楚。"

"我没脸说。"涵丽突然捂住脸哭起来。她一边哭一边对着镜子梳头。从镜子的反光中她看见母亲弯下腰拾起了那条花围巾，母亲脸色苍白得可怕。涵丽希望她扑上来撕扯她的头发，这样她们可以厮打一场，释放一点互相积聚的怨恨。但丘玉美只是绞着那条围巾说不出话。涵丽心中又对她产生了一丝怜悯，涵丽就呜咽着说，"我不要，你把它给涵贞吧。"丘玉美收起了围巾，第二天她围着围巾上街，再到后来是涵贞围了老舒

舒家兄弟　57

送的围巾。涵贞围着那条围巾上学,对人说是她妈托人从上海捎来的,她妈爱她不爱涵丽。

涵丽对她爸爸老林却孝顺。实际上香椿树街对涵丽的赞赏一半就缘于此。老林在街上下棋的时候,涵丽给她送饭送茶,回到了家涵丽给老林打洗脸洗脚水。涵丽甚至经常给老林剪指甲,丘玉美对人说涵丽想当老林的姐姐,涵丽跟她爸的关系就像姐弟一样。别人问丘玉美,那你呢,你觉得舒服不舒服?丘玉美说我随便,涵丽对他好,省了我一份心。

譬如这天下雨了,雨水打着十八号屋顶的铁皮管,傍晚湿润而寂寞。老林在楼梯口搓着手,他在找伞。老林从来不知道家里的伞放在哪里,他推开涵丽的房门说,"伞呢?"涵丽看着他不说话,老林就四处乱翻,结果找出一把散了架的破纸伞,他撑了半天也没撑起来。涵丽说,"下棋下棋,这么大的雨还要去下棋,淋病了没人管你。"老林把破伞往地板上一扔,"伞呢?这家里就没把好伞?"涵丽说,"就一把好伞,让她撑出去了。你就不能在家呆会儿,不下棋就不能过吗?"老林叹了口气,老林说,"这日子,不下棋又能干什么,操他妈的。"老林说完独自坐到桌前摆起棋来,摆着摆着看见涵丽坐到了他对面。

"我跟你下一盘。"涵丽说。

"别捣乱,你不会下。"

"我会,我看你下都看会了。"

"那好。"老林想了想,"让你车马炮?"

涵丽看着老林的手不说话，涵丽那天有点奇怪。

"让你双车一炮？你自己说吧。"

"随便。"

老林拿掉了自己的双车一炮，让涵丽先走，涵丽走了个当头炮就再也不挪子了。涵丽的心显然不在棋上。

"爸，你跟她为什么不在一个房间睡？"

"你下棋，别瞎问。"

"不，我今天一定要问个清楚。"

"她讨厌我，我讨厌她，干嘛要在一个房间睡？"

"可是夜里她房间里有动静。"

"她梦游，夜里睡不安稳。"

"不，我听见楼下老舒——"

"你下棋，别胡说八道的。"

"大家都说老舒和她——"

"烦死了！"老林抓住个棋子敲着桌面，"我不管他们的事。"

"你干嘛不管？是你自己的事，你知道人家喊你什么？"

"闭嘴，我心烦！"老林站起来抓住棋盘往涵丽那儿一掀，老林吼道，"都是混蛋，都不让我活痛快！"

老林抓起那把破伞跑下了楼。外面的雨水打在铁皮管上，使这个黄昏寂寞而湿润。涵丽跪在地板上一颗一颗地拾棋子，她咬着嘴唇不让自己哭出声来，她在想爸到底是怎么啦？这个家到底是怎么啦？她听见楼外的雨声越来越响，香椿树街好像快被这场雨冲塌了。涵丽坐在地板上,觉得地板以及整座楼房都在渐渐下陷,楼上变得很黑,她跳起来去开灯,灯不亮。涵丽害怕起来,她跑到窗边朝楼下看,看见舒工也把身子探出窗外,他在收绳子上的那条蓝短裤。黑暗笼罩着香椿树街,唯有舒工的头顶上有一点亮。涵丽就朝楼下跑,她的脚步快疾如飞,震得楼梯咯咯摇晃。涵丽被一种模糊的绝望的思想攫住,她听见自己心里在说,谁也别管谁,我不管你们,你们也不管我。

涵丽冲进舒家的小房间,坐在一张藤椅上喘气。舒工疑惑地看着她,"谁在追你?"

"鬼。"涵丽说。

"停电了,好像电线刮断了。"

"我不是怕黑。"

"那你怕什么?"

"说不清。"

"有我在,你就什么也别怕了。"

舒工在黑暗中看不见涵丽的脸。他抓住藤椅弯下腰去看涵丽的脸,涵丽扭过脸去,辫梢在舒工的脸上掠了一下。

"谁也别管谁。"涵丽说,"我再也不管他们的事,他们也别来管我。"

"谁管谁?"舒工想了想,说,"自己管自己呀!"

"不是跟你说。"涵丽说。

"那你跟谁说?"舒工挑起涵丽的一丝头发,揪着。

"跟我自己说。"涵丽拍舒工的手，拍不掉。舒工反而兴奋。"你他妈真有意思。"舒工把那丝头发扯下来看着，说，"挺长。"舒工抓着那丝黑发走神了。他又说，"挺黑。"他感觉到一种灼热的欲望撩拨着他。这种欲望从虚无凝为实际，它就是涵丽给予他的。涵丽现在就坐在他身边，涵丽的气息使他酥痒难忍，他快喘不过气来了。他想他应该像夜里幻想的那样干一回了。舒工突然抱住了涵丽，他迅速地伸出舌头在涵丽嘴唇上舔了一下。涵丽尖叫着想从藤椅上跳起来，但舒工拼命地舔她，舒工用手掌捂住涵丽的嘴，"你别叫，你要是叫我就杀了你！"

涵丽的身体像兔子一样缩了起来，任凭舒工在她脸上胡舔一气。她睁大眼睛看着窗外的雨幕，很快冷静下来。"这没有什么。"她突然说。她想她就试试和男孩一起的滋味吧，她想她可以让丘玉美看着她也会不要脸。"这没有什么。谁也别管谁了。"涵丽笑了一笑，她终于推开舒工，她在黑暗中说，"我们应该约会。"她把重音放在约会这两个字上。

"怎么约会？"舒工抓住涵丽的手不放。舒工喘着粗气问。

"我懂。以后我教你。"涵丽说，"你现在放开我。"

"你要是耍我我杀了你。"舒工推开她，那儿已经挺湿了。

"不会的。"涵丽站起来，她嘟起嘴在舒工脸上吻了一下，"我得上楼了。等着以后，我就跟你好吧。"

舒农想找一些粗铁丝做一把枪。他走到楼梯下面的杂物间去，门是插着的，但搭钩坏了。舒农用劲一推门就开了。舒农

舒家兄弟 61

觉得很奇怪，里面没有人，只有一只猫站在旧板箱上，猫眼闪闪烁烁的。舒农想可能是猫在作怪，猫是很神奇的动物。舒农走过去抱那只猫，猫跳开了。旧板箱上留下一双梅花瓣似的爪印。舒农记得父亲把杂物都往这只箱里扔，也许能找到许多粗铁丝，舒农掀开了沉沉的盖子。舒农吓了一大跳。箱子里缩着两个人，他们同样被舒农吓了一大跳。

舒工和涵丽躲在旧板箱里，舒工光着身子，涵丽也光着身子。舒工的脸赤红，涵丽的脸却苍白如纸。

"你们在干什么？"舒农叫起来。

"我们在捉迷藏。"涵丽举起双手蒙住脸。

"骗人。"舒农轻蔑地说，"我知道你们在干什么。"

"舒农，千万别说出去。"涵丽从箱子里伸出手抓住舒农的胳膊，"你要什么我给你什么。"

"那要看我愿意不愿意。"

舒农把箱盖啪地关上，他朝门外走，他看见猫已到了门外，他朝猫那儿走。舒工从箱子里跳出来，舒工从后面挟住舒农，两个人扭打着回到杂物间。舒工很容易地把舒农掼到地上，然后去扣那扇门。

"你来干什么的？"

"找铁丝，不关你的事。"

舒工从箱子里抽出一根铁丝，朝舒农摇了摇，"是这个吗？"舒农伸手去夺，被舒工撂开了。舒工朝手上缠着那根铁丝，舒工说，"这铁丝我留着，你要是敢说出去，我就用铁丝把你的嘴缝起来,让你当哑巴。"

舒工光着屁股,舒农注意到舒工的玩意儿像胡萝卜一样又大又直,他看见那上面沾着一些紫红的血迹。舒农呆呆地盯着那血迹,突然感觉到一阵恐惧。他掉转脸去看那只板箱,涵丽已经坐起来了,她的脸苍白如纸,她用手护住乳房部位,但舒农还是感觉到了她身体的光芒,一种熟悉的幽蓝的光,它不可避免地从林家母女身上射出来,刺伤舒农的眼睛。舒农难受起来,他朝门外走,那只猫正伏在楼梯的第一层台阶上。舒农走到门外就呕吐起来,呕得内脏翻江倒海的,他从来没这样呕吐过,他不知道自己为什么会这样呕个不停。在晕眩中他看见那只猫轻捷地跳过一级一级楼梯,消失不见了。

从某一天早晨开始,舒农觉得他成了舒工真正的敌人。在家里在街上在学校里,舒工都冷眼瞟紧了舒农,舒农成了舒工隐秘幸福中的一块阴影。舒农知道他已经妨碍了舒工的生活,他躲避着舒工石头般的目光。他想这不怪我,我就是猫,猫是能看见世界上所有事情的。他们不能怪猫。

"你对人说了吗?"舒工抓住舒农的耳朵。

"没有。"

"你是不是对爸说了?"

"没有。"

"小心点,小心你的嘴。"舒工朝舒农扬着那根铁丝。

舒农坐在桌前,他用手抓饭抓菜吃。舒农养成这种恶习已

舒家兄弟

经很久了。老舒打他也改不了。谁也不知道舒农在模仿猫。这是舒农日渐神秘的特征，舒家的人对此毫无意识。

"你要是说出去，我就用铁丝把你的嘴缝起来，听见了吗？不是吓唬你。"舒工慢吞吞地说，然后舒工就朝头发上抹菜油，然后他穿上那双白回力鞋出去了。

舒农知道舒工的行踪。舒农在想爬在窗外铁皮管上的父亲，他也这样威胁过他。为什么不让说出去？我想说就说不想说就不说，跟他们没有关系。舒农想让人激动的事情不是他们干出来的，让人激动的是他自己，他追踪了他们，因此一切都让他先看见了，有谁能躲过猫的眼睛？

传说舒农跟踪过好多人，其中包括他的哥哥和仇敌舒工。

舒农听见舒工的口哨声弱下去了，他估计舒工已经过了杂货店，就从窗台上直接翻到街上，他抠着鼻孔挨着墙走，他跟着舒工走到石灰场。涵丽已经在那里了。往往就这样，舒工和涵丽躲在一堵墙和一堆半人高的红砖后面，涵丽把一只破箩筐放在狭窄的进口处，好像放哨一样。

舒农轻轻地伏下身子，他透过箩筐的孔隙，有时看见他们的脚，他们的脚像四只纸船一样零乱地漂着，漫无目的。舒农克制不住地想叫，像猫在屋顶那样叫，但他忍住了，他怕被发现，所以舒农伏在那里，脸总是憋得发紫。

香椿树在香椿树街上早已绝迹，街道两侧的树是紫槐和梧桐，譬如现在紫槐花盛开的季节，风乍起的时候，他们看见黑房子的屋檐上飘挂着一屋浅紫色的云雾,若有若无的,空气因而充满了植物的馨香。这是走向户外的季节,我们都来到了街上。印象中这是一九七四年,某个初秋的傍晚。

男孩们都来到了街上,男孩们集结在大豆家院子里,围着一担石锁。香椿树街的男孩大都能举起一担百斤石锁。这时候你看见舒农推开院门,站在门槛上进退两难。舒农神情恍惚,他的左手小拇指永远在抠着鼻孔。

"尿床胚,滚开。"有人跑上去推舒农。

"我看看。"舒农趴在门框上说,"我不能看看吗?"

"你来,告诉我们舒工和涵丽怎么谈恋爱的。"

"我不知道。"

"不肯说?不肯说你就滚开。"

舒农仍然不走,他的另一只手在门框缝里滑来滑去,过一会儿,他说,"他们在板箱里。"

"在板箱里?"男孩们怪叫起来,"他们在板箱里什么?"

"操×。"舒农恶狠狠地说。

舒农咬着嘴唇,然后他拉上门一溜烟地跑掉了。

涵丽发现她好久没来例假了。她算了算,有两个月了。她不知道这是怎么回事。她老是恶心,身体像棉花一样疲软而又沉重。涵丽的情绪变得很低沉,隐隐地觉得这跟她和舒工干的事有关系,但她不知道这是怎么回事。她想问她母亲,话到嘴边又咽回去了,她想问她不如去问医生。

涵丽偷偷地跑到区医院去。当医生厌恶地对她说出那句话时,涵丽像被雷劈了似的一阵晕眩,她快瘫掉了。

"林涵丽,你怀孕了。你是哪个学校的?"医生的目光很犀利。涵丽抓起椅子上的毛衣就逃出医院。医院走廊和长凳上都是人,涵丽怕谁认出她,她用毛衣扣住脸逃出医院。外面阳光刺眼,是一个温煦有风的下午。城市和街道一如既往地挤在涵丽的身边,而涵丽突然被深深的灾难扣紧了,她喘不过气来,"你怀孕了!"她真的觉得有一根铁索紧紧地扣到她脖子上了。这是怎么啦?我怎么办?涵丽像一只惊惶的兔子走到邮局门口。她站在那儿看着下午宁静的香椿树街,街上人迹寥寥,石子路面被阳光照出明晃晃的光来。涵丽不敢朝街上走,香椿树街现在对涵丽来说就是一口巨大的陷阱。

涵丽坐在邮局的台阶上,她脑子里乱纷纷的。她想她要去找舒工。舒工在家里睡觉。但她没有一点勇气朝香椿树街走哪怕半步。她想等到天黑,天黑了就没有人看见了。可是阳光怎么还在洒下来?这个下午这么漫长,涵丽几乎绝望了,她很想哭,奇怪的是一滴眼泪也没有。也许她不敢坐在邮局门前哭,否则逃不过香椿树街居民的眼睛。四点多钟涵丽看见涵贞背着书包从学校那边过来。涵贞一边嚼着糖块一边跑过来。喂,你在这里干什么?涵丽抓住她妹妹的书包不放。她看着涵贞红润肥胖的脸,表情很奇怪。

"说话呀,你怎么啦?"涵贞嚷嚷起来。

"别嚷。"涵丽梦醒似的捂了捂涵贞的嘴,"你回家去,把舒工喊到这儿来。"

"干什么?"

"有事。你跟他说我有事找他。"

"不行。舒工是男人,谁让你跟他来往?"

"别管姐的事。"涵丽从口袋里掏出一把花生米放到涵贞手上,"快去叫他,要悄悄地,别让他们知道了。"

涵贞想了想就答应了。涵丽看着涵贞朝十八号的黑房子跑去,她舒了一口气,她想她应该镇定些了。这不是她一个人的事,还有舒工呢。舒工知道怎么办吗?坐着等舒工。这个下午很漫长。后来涵丽和舒工一前一后去了石灰场他们的爱情角落。涵丽抱紧胳膊坐着,舒工斜躺着。这是十年前香椿树街比较著名的恋爱场景。

"怎么办?"涵丽说。

"我怎么知道?"舒工说。

"能把它弄下来吗?"

"怎么弄?"

"你一点也不知道?"

"谁知道这事?我这会儿瞌睡得厉害,我睡一会儿。"

"不准睡,睡不醒的狗。"

"你他妈的骂人?看我揍不死你。"

"就骂你,这会儿还睡,你就不能想想办法?"

"鬼知道你是怎么回事,人家玩女孩就没这麻烦。"

"我也不明白,能把它敲下来吗?"

"敲？拿什么敲？"

"随便什么，拿一块红砖试试。"

"敲哪儿？"

"这儿，敲重点。"

"那我敲了，你忍着点。"

涵丽闭上眼睛。舒工真的开始敲了，舒工敲得很重，涵丽疼得尖叫起来。

"你轻点，狼心狗肺的混蛋！"

"你自己说重一点的，那你自己敲吧。"

舒工把红砖朝涵丽怀里一塞，舒工已经被涵丽惹火了，他拍拍裤子上的灰想走，可是涵丽抱住他的一条腿，紧紧抱住不放，涵丽的牙齿咬住舒工的裤子不放。

"想溜？没那么容易。"涵丽仰起脸看着舒工。

"那你说怎么办吧？"舒工说。

"去死。"涵丽想了想，突然说。

"你别开玩笑。"

"去死。我们两个一起去死。"

"你疯了？"

"谁也别想活了，我们一起投河去。"

"我会游泳，我死不了。"

"不，我们绑在一起，再拴上石头，准能死。"

"去你妈的，我一点也不想死。"

"那我去告你！一样的死，怎么死你自己选择。"

"我不怕。我一点不想死。"

"你不死不行。我可以去告你,你强奸了我。"

舒工又坐了下来。舒工搔着蓬乱的头发,仇恨地看着涵丽。这个下午涵丽看上去那么冷静,像一个真正的女人饱经世故,精于各种手腕。舒工后背心开始沁出冷汗,他觉得自己真的发虚了。石灰场一带的阳光逐渐变稀薄了,逆光远眺的时候可以看见许多灰尘在空气中缓缓坠落,舒工折下身边一棵枸杞草的干枝,咔嚓折断成几截,他把它们一一塞进回力球鞋的鞋帮里。舒工抚摩着他的球鞋说,随便,你非要我死也无所谓,死就死吧。

"随便?"涵丽冷笑了一声,"什么叫随便?这不是我一个人的错。"

"别废话了,你说,什么时候去死?"

"明天,不,今天夜里。"

涵丽去抓舒工的手,让舒工推开了。涵丽又去搂舒工的脖子,也让舒工推开了。舒工看着涵丽露在圆领毛衣外面的皮肤,那里是一块雪白的浮冰,舒工猛地把涵丽压下去,他扯开了涵丽外衣上的纽扣,他把四颗纽扣放在手心看了看,一把扔到红砖堆外面,然后他开始扒涵丽身上的紫色毛衣,他听见毛线断裂的细微的声音。涵丽睁大眼睛,她的眼睛这会儿是紫色的,一种很暗的色彩,你看不出有一丝恐惧。"是的,天马上就黑了。"涵丽说着似乎微笑了一下,她像一只羊驯服地随舒工摆布。舒工又扯掉了涵丽的小花背心,他嘘了一口气:涵丽小而结实的乳房上布满了暗红色的吻痕，涵丽的乳晕变得很深很大。舒工觉得涵丽的身体确实起了微妙的变化。这几个月没有白过，舒工想他把涵丽彻底地收拾了，"无所谓，非要我死就去死吧。"他说。石灰场附近有一只猫凄厉地叫着，他们没在意。

猫是舒农。

夜幕垂落之后舒农跟着舒工和涵丽走到石码头。石码头在香椿树街南端，如今已被废弃不用。舒农常到这儿来看人们游泳。现在不是游泳的季节，他不知道他们来石码头干什么。舒农爬到破吊机上面，隔着残缺的玻璃注视着他们。这儿可以俯瞰横贯全城的河流，无风的时候河就像青铜一样沉甸甸地躺着，两岸人家的灯光斑斑驳驳，初升的月亮反射到河面上，映出一圈鹅黄色的光晕。坐在河岸上的两个人，仿佛一双无线的木偶。舒农不知道他们要干什么。他看见他们动了起来，他们在自己身上拴起了绳子，两个人绑在一起了。他们拖着一块石头朝河边移动，移得很慢，那样子很像两只蠢头蠢脑的鹅。舒农以为他们在玩一种游戏。他们迫近了河水，这时候他们停顿了一下，对岸有一只猫叫了起来。舒农听见舒工对着河水说，死就死，没什么了不起的。然后他们搂抱着跳了下去。一声沉沉的坠水声，溅起许多白银似的水花。河面上的黄月亮倾斜着裂开了。

死？舒农终于反应过来。舒工和涵丽跳河自杀啦！舒农从吊机上跳下来,一路狂奔着跑回十八号。家里静寂无人,舒农跑到楼上去敲丘玉美的房门。跳河啦!自杀啦!舒农对着那扇暗红的门喊。他听见里面响起一阵窸窣的声音,丘玉美把门开了一条缝,她说,"谁自杀啦?""涵丽和舒工!"舒农把脑袋钻进门缝去寻找他父亲,他看见床底下有一只手撑在拖鞋上,簌簌发抖。他知道那是父亲的手,舒农咪呜叫了一声就跑下了楼。他朝楼板朝杂物朝窗外的四面八方喊着:

"跳河啦!"

"自杀啦!"

香椿树街人在黑河里打捞涵丽和舒工的场面至今让我记忆犹新。几乎所有会游泳的男人都跃入了街边乌黑发臭的河水中。荒寂的石码头上挤满了人,只有一盏昏暗的路灯照耀他们,所有的脸都像水一样闪烁不定。十八号的舒家林家是事件的中心,人们注视着老舒。老舒在水中一次一次地下潜。老林在岸上,老林的手里还握着一只棋子,有人说是"马",而丘玉美倚在电线杆上捂着脸哭,丘玉美不让任何人看见她的脸。

先捞上来的是舒工。老舒把儿子反背到肩上,在香椿树街上跑了一圈,舒工吐出了许多乌黑发臭的水。后捞上来的是涵丽,老舒如法炮制,涵丽像一只羊在老舒背上荡来荡去,涵丽没有吐出来,一直跑到十八号的楼上,涵丽还是一动不动。老舒把涵丽放到地板上,摸摸涵丽的脉息,老舒说,没了。救不过来了。

舒农挤在人堆里看见了涵丽溺水后的容颜。他没有听见众人嘈杂的议论,直觉告诉他,涵丽已经死了。他看见涵丽湿漉漉地躺着,从她身上不停地滴着水,那些水也是蓝色的一如她皮肤的光泽。涵丽的眼睛一直张开着,比黑暗中的猫眼更富有魅力。涵丽很蓝很蓝。舒农想起他偷窥过的女人都是蓝的,即使死去。舒农想女人和死亡都是发蓝的。这是怎么回事?

涵丽之死曾经是香椿树街街头巷尾的中心话题。涵丽死后仍然被人怜爱着,人们描述涵丽是地窖里长出的鲜花,必将是好景不长的。你知道这实际上影射了十八号里复杂隐晦的人际关系。香椿树街无法排除老舒和丘玉美对一双儿女的影响,而涵丽舒工式的情死因此蒙上了一层传奇的悲壮的色彩。

十八号的黑漆大门以后经常是紧紧关着的,送牛奶的人把牛奶放在小木箱里,隔着门缝看见房子里的沉沉幽暗。这是一种感觉,这是林家的女孩早夭的结果,十八号拒绝你进入。你若留意,仰起头便能看见楼上丘玉美的房间窗子的变化,窗上现在钉满了铁皮,远看像是一座鸽房的门。

敏感的人们猜测谁在那窗上钉满了铁皮,风骚的女人丘玉美将终日呆在黑暗中,谁干的?他们问涵贞,涵贞说不知道,她说你们别来管我家的事。他们问舒农,舒农不说话,但舒农狡黠丰富的眼神告诉人们,我看见了,什么也逃不出我的眼睛。

譬如是涵丽溺水而死的当天夜里,老林拖着一捆旧铁皮和工具箱撞进丘玉美的房间，老林举起锤子在窗框上当当先敲了三下。

"你要干什么？"

"把狗洞堵起来。"

"该死，你要把阳光堵死的。"

"堵起来好。你心里明白。"

"不行，你疯了？"

"你别嚷。这是为你好。"

"你想让我闷死吗？南窗怎么能堵起来？"

"我怕涵丽的阴魂来拽你，窗外就是那河。"

"别吓唬我，我不怕。我没得罪涵丽。"

"我怕你夜里梦游，从这窗往下一跳就完了。"

丘玉美从床上爬起来又坐下。她把头蒙在被子里哭泣，她在被子里说，那你就钉吧。老林没听见。老林专心致志地往窗上钉铁皮，他的手其实也很巧，把南窗钉得密不透风。我说过了，远看就像黑夜中的一座鸽房。

死而复生是什么感觉？舒工回忆那次自杀仿佛做了一个梦，他醒来的时候仍然浑身精湿，一家人都站在门那儿看着他。舒工觉得很难受，他对母亲说，"给我拿一套干衣服来，我要换衣服。"但老舒把母亲推了出去，老舒说，"不准换！死不了就能把衣服焐干，你不怕死还怕湿？慢慢焐吧，你这王八蛋。你这畜生！"

舒家兄弟　　73

舒工疲惫地躺着,他想起在河中下沉的一刹那涵丽的手指疯狂地搜寻他而他却闪开了。他不想和涵丽挤在一堆死。涵丽的手指像一条小鱼在他脸上啄了一下就消失了。涵丽真的死了。他还活着。他看见父亲注视他的目光充满憎恶和鄙视。从老式挂镜里他也看见自己的眼睛,冰冷的只有敌意和戒备。你们走吧。舒工说。我们之间谁也不需要谁,无论死了还是又活了。舒工跳起来把门撞上,他不想看见他们。他慢慢脱下湿衣服,打开抽屉,门吱响了一下,舒农闪了进来。舒农扶着门框看舒工换衣服。

"我看见你们了。"舒农突然说。

"滚开。"舒工将衣服遮住羞处。

"我看见了。"舒农说。

"你看见什么了?"

"什么都看见了。"

"你就告诉了别人?"舒工说着一步步走过去,他先把门插上,然后一把揪住舒农的头发。舒工一只手捂住舒农的嘴不让他喊叫,另一只手就揪住舒农往墙上撞。他听见墙上响起嘭嘭的反弹声,舒农小小的身体像散沙一样往下陷。舒工吐出一口气,他觉得他必须这么干,他从中偿还了一些失落的东西。只能这么干,揍扁讨厌的舒农!

我看见舒农在初冬冷清的街道上游逛,他的书包松松垮垮地拖在地上,头发像刺猬一样又长又乱。他一路踢着树叶朝家走,他喜欢朝热闹的地方走,站在人群外侧张望一会儿,然后离开。当他发现什么事也没发生的时候他就离开,而真正让舒农感兴趣的事物是不多的。

有人在街上追赶舒农。舒农抱着一杆气枪在前面跑。追赶者是沿街打麻雀的人,他朝我们喊,"抓住他,偷枪的小孩!"舒农比那杆气枪长不了多少,枪把舒农绊了一下。舒农跌在石桥下面,他累得爬不起来,伏在那儿,伸手摸了一下黄杨木的枪把,然后他把枪丢在那儿,一个人上桥了。

"别追他了,让他去吧。"桥边茶馆的人对追赶者说,"那孩子有点傻。"

你如果了解舒农你就知道这说法不准确。舒农不是傻孩子。你如果到过香椿树街,你会知道这是一个聪明孩子的故事。

舒农看见他床上放着一双崭新的白色回力鞋,与舒工一模一样的一双鞋,放在他的枕头边上。舒农把新鞋抓着翻来覆去地看着,突然听见背后传来父亲的声音,"穿上试试。"这也是舒农十四岁时的大事,他有了一双白色回力鞋。

"给我的?"舒农回过头来问。

"你的,喜欢吗?"老舒坐到了舒农的床上,查看被单。

"我没尿床。"

"没尿就好。"

舒农慢慢往孔里穿着鞋带,他的动作犹犹豫豫,他心里有点疑惑,不时地偷看父亲的表情。舒农从来没想到父亲会给他买这种鞋子穿,他从来都穿舒工穿旧的鞋子。

"现在就可以穿出去吗?"舒农说。

"随便你什么时候穿。"老舒说。

"可是现在离过年还早。"舒农说。

"那就过年穿吧。"老舒说。

"可是到过年要等多久啊。"舒农又说。

"那就现在穿,现在就穿上吧。"老舒烦起来,走来走去的。

舒农穿好鞋感觉一切都轻捷起来,他在屋子里跑一圈然后想跑到街上去,老舒这时候喊住了他。老舒说你别急着出去,先答应我一件事。舒农愣在那里,他惊惶地张大嘴,脱口而出喊我没尿床!老舒说不是尿床的事,你给我过来。舒农拉住门框低下头一动不动,隐约觉得新鞋子是一个什么圈套。老舒提高了嗓门,你他妈给我过来,狗杂种!舒农复又走过去,他的手便被父亲牢牢抓住了。

"夜里我到你房间睡觉。"老舒说。

"为什么?你跟妈吵架了?"

"没有。我是说有时候,比如今天夜里。"

"你来睡好了。你跟我一起睡?"

"不,我搭地铺。"

"为什么搭地铺?有床呢。"

"你别管。到时候要把你绑在床上,还要把你的眼睛蒙起来,还要把你的耳朵用棉花团塞住,你要忍一忍。"

"你跟我捉迷藏吗?"

"对，捉迷藏。"

舒农看了看父亲，不再吱声，他摸着脚上新鞋子的鞋面，过了一会儿，他说，"我知道你要干什么。楼上的窗子堵起来了。"

"到时候你只管睡你的觉，不准出声。明白吗？"

"明白。窗子堵起来你就爬不进去了。"

"要是你妈来敲门，你就说你睡觉了，其他一句话也不要说，要是别人来敲门也一样，明白了吗？"

"明白。那你们为什么不到板箱里去呢？你们钻不进去？"

"这事情不准告诉别人。反正你知道我的厉害，是吗？"

"知道。你会卡我的脖子，卡死我。你说过的。"

"对，卡死你。"老舒的浓眉挑了一下，"你刚才叨咕什么？"

说到这里父子俩的神情都变得平淡起来。老舒伸出小拇指，舒农也伸出小拇指，他们默默地勾了手指，达成某种特殊的协议。

就这样舒农迎来了他少年时代最难忘的夜晚。他记得他被黑布蒙住眼睛被绳子绑住手脚被棉花团塞住耳朵的那些夜晚。父亲和丘玉美就在他的身边做爱。他和他们在一个房间里。什么也看不见。什么也听不见。但他能感觉到黑暗中那两个人的位置和位移，他能判断谁在上面，谁在下面，谁在干什么。有一种强烈的蓝光刺穿沉沉黑暗弥漫了舒农的眼睛，舒农无法入睡，也无法活动身子。他大口地吸进屋子里那股甜腥的气味，又大口地吐出去。他浑身燥热难耐，他想也许是那种暗蓝色光芒的缘故，它像火一样炙烤被缚的舒农，使他的灵魂像背负火焰的老鼠一样凄凉地叫着。舒农说我热，我热死了。当老舒后来解开绳子时，他听见舒农梦呓般的声音。老舒摸他的额头，额头上却是冰凉的。老舒说舒农你病了？舒农在黑暗中说，我没病，我睡觉了。老舒把舒农眼睛上的黑布拉开又听见舒农说，我看见了。老舒把舒农耳朵里的棉花团抠出来时又听见舒农说，我听见了。老舒揪住舒农的耳朵说，你看见谁了？舒农说，她很蓝。谁很蓝？老舒狠狠地揪舒农的耳朵，你他妈说梦话。舒农疼得跺床，他喊，我说猫，猫的眼睛很蓝。老舒松开手，他贴着舒农的耳朵说，记着，对谁也不能说。舒农蜷着身子往被窝里缩，他把头埋在被窝里说，你再打我我就说出去，我不怕死，死了我就变一只猫，你们谁也管不到我了。

涵贞是这样一种女孩，疯疯癫癫，刁蛮任性，嘴很馋，又很漂亮。香椿树街上有许多这样的女孩，她们的事没有什么可多说的，要说的只有那些突如其来的新闻。

你在街上看到涵贞，更多的是想到涵丽，一个早早弃世而去的女孩。妇女们拉住涵贞说，"你姐姐到底为什么要去死？"涵贞说，"她不要脸。"妇女们又问，"你姐姐死了你伤心不伤心？"涵贞不吱声了，过后又说，"她的裙子毛衣都给我穿了。"倘若她们还继续缠着她，涵贞会不耐烦，她会柳眉竖起尖叫一声，"你们真讨厌。什么也不干，就会在街上东张西望！"妇女们当着涵贞面评价她们姐妹,她们说涵贞不如涵丽,活着的不如死去的。

谁也料不到,涵丽死后三个月,涵贞也成了香椿树街人话题的中心。现在想想,这与香椿树街的艰难尘世无关,事情更多体现的是故事的悲剧意义,悲剧是一只巨大的匣子,它一旦打开,有的人就会被关在匣底,如果不是涵贞也会是别人。我这么说不知你能否理解?

一切都要从糖果店说起。有一天涵贞放学路过糖果店,看见玻璃罐里新装了许多蜜饯。涵贞走进店门的时候正好看见老史把一块小木牌挂在门上,木牌上写着"现在盘点"。涵贞摸摸口袋里的钱,正好够买一包甜话梅。涵贞想她可以赶在盘点前买到这包话梅。老史一边拉上店门,一边问,涵贞你买什么?涵贞敲着玻璃罐说,我要话梅,话梅。涵贞根本没在意门已经拉上了。她看老史走到柜台里去,老史坐下来打算盘。涵贞说,我要买一包话梅。老史说等一等,马上就好。涵贞等着他打完算盘。涵贞盯着那只装满话梅的玻璃罐,根本没在意糖果店的门已经拉上了,只有她和老史在里面。老史终于把算盘一放,他说,话梅?你进里面来买,我给你另外称,称多一点。涵贞害羞地一笑,她迅速地钻进了柜台,把攥着的钱递给老史。老史看着那张皱巴巴的纸币,但他抓住的是涵贞的手。老史说,不要钱,算我送你的。涵贞睁大眼睛,为什么不要钱?老史说我们交换,我送你话梅吃,你也给我一样东西。涵贞说,你要什么?我回家去取。老史弯下腰在一只铁盒里抓了大把的话梅，他说涵贞你张开嘴，涵贞就张开了嘴，老史嘻嘻笑着把话梅扔进涵贞嘴里，好吃吗？好吃。老史一共扔了五颗话梅在涵贞嘴里，然后他说，现在要交换了，我什么也不要，我只要看看你的肚脐眼。涵贞含着五颗话梅，说不出话，她只能摇头。她发现老史的神色很古怪很陌生，但已经晚了。老史猛地把她抱起来按倒在地上，老史把手里的话梅全都塞进她嘴里，不让她出声，然后她感觉到老史汗湿的手掀开了她的小背心，摸着她的肚脐，随后那只手撑开了裤带向下滑去。涵贞吓晕了，她想喊但话梅几乎把她的嘴堵满了。她听见老史气喘吁吁地说，别出声，别喊，我给你十包话梅，再给你三袋奶糖，不能喊，千万不能喊，涵贞拼命点头，摇头，她不知道老史在自己身上干什么，只看见老史花白的头发抵在她胸前。紧接着涵贞觉得下面一阵尖厉的刺痛感，她觉得她快被老史弄死了，涵贞抓住那把白头发，她喊，不要脸！不要脸！但一点也听不见自己的声音，一切都像一个离奇古怪的梦。

涵贞走出糖果店的时候天快黑了。她拎着书包靠墙走，慢慢走回去。书包里装满了各种蜜饯，那就是老史塞给她的，老史说你只要不说出去，你想吃什么就来问我要。涵贞一路走一路嚼着话梅。她觉得被老史弄过的地方仍然很疼，好像留着一把刀。涵贞低下头猛然发现淌血了，血从裤腿里流下来，滴在她的鞋上，滴在地上，涵贞看着那殷红的血，"噗"地吐出嘴里的话梅，涵贞坐在地上哭起来，她抱着鼓鼓的书包哭，路过的人都没在意。后来老舒下班了，老舒推着自行车过去问她，涵贞就边哭边嚷起来，老史不要脸，老史不要脸！

香椿树街上唯一一个锒铛入狱者就是糖果店的老史。老史曾被押到学校来斗。我们都坐在台下，看见老史花白的头发和萎靡绝望的脸。涵贞就坐在前面，好多人都朝涵贞看，她对此一无所知，她看着五花大绑的老史，神情茫然。涵贞的仇人是舒农。舒农走过去朝涵贞的口袋偷偷摸了摸，回来对我们说，她还吃话梅，她口袋里还有话梅！舒农说林涵贞最不是东西，她们一家都不是好东西。对此少年们没有异议，少年们已经把涵贞归入"破鞋"一类，暗地里他们喊涵贞就喊"小破鞋"。甚至有人编了一首恶毒的儿歌唱给涵贞听，涵贞的母亲丘玉美说是舒农编的。

儿歌：

（此处删去十三字。）

走到香椿树街来，无法逃避的就是这条河的气息。河就在我们的窗下面流着。我说过它像锈烂的钢铁侵蚀着香椿树街的生活，你无法忽略河的影响，街的岁月也就是河的岁月。

但是香椿树街的居民已经无法忍受街边的河。河里脏得不辨颜色了，乡下来的船不再从河上过，有一天从上游漂来一个破包裹，桥边的老头手持竹竿去打捞，捞到岸上一看，包裹里卷着一个死孩子。是一个出世不久的男婴，满脸皱纹，那模样很像一个沉睡的老人。

对于街边这条河，香椿树街的居民们毫无办法。河能淹死人，但人对河确实毫无办法。

有一天舒农突发异想，他朝桥下洒了很多面粉，然后专心地钓鱼，他钓了很长时间，猛然觉得钩子沉了，他把钩子提起来，发现钓上了一只皮鞋。是一只小巧的丁字型女皮鞋。围观的人群中有人认识那只皮鞋，说那是涵丽跳河时穿的皮鞋。舒农一下子就把皮鞋扔回河里去了，他自言自语地说，"倒霉。"

舒农闯祸的原因一下子说不清。

譬如这是个寻常的冬日早晨，舒农吃完早饭就找书包，他总是在上学前找书包。舒农看见他的书包掉在舒工的行军床下面，他就钻下去捡。他往床下钻的时候被舒工推了推，舒工睡意蒙眬地说，别捣乱。舒农说谁跟你捣乱，我找书包。舒工仍然摁住舒农，他嘟囔着说，"先给我把粥端到炉子上再走。"实际上舒工的要求很简单，但舒农说，"我才不管你，你自己起床端。"舒工半闭着眼睛说，"真不端？"舒农说，"不端，你自己起床端。"舒工猛地从床上挺起来掀掉了被子。"好，我起床。"舒工叨咕着跳下床，他先把剩粥端上炉子，然后站在炉边上斜睨着舒农。他蹦着蹦着取暖，径直蹦到舒农的小房间里。舒工说了一句，"小杂种看我都懒得揍你。"他掀开舒农的被子摸摸，是干的。舒工笑了笑就解开棉毛裤，朝舒农的床单上撒了一泡尿。撒完尿舒工打了个响指，"等会儿让爸看，你又尿床了，我不揍你让爸来揍你。"舒农抱着书包惊呆了，他的脸涨得通红，他想了想就冲到水缸那儿舀了一瓢水，浇到舒工的床上。舒工随他浇，他一边穿衣服一边说，"浇吧浇吧，反正谁也不相信我会尿床，挨揍的只有是你。"

舒农浇完那瓢水就去学校了。中午放学回家时他已经忘了早晨的事。他看见被子已被母亲晾到窗台上了。老舒沉着脸盯着他，舒农说，"我没尿，是舒工先尿的。"老舒就吼起来，"撒谎，尿了床还撒谎！"舒农又说，"是舒工先尿到我床上的。"老舒气得跳起来，"还撒谎？舒工从来不尿床，他怎么会尿到你床上去？"舒农说，"你去问舒工。"舒农坐到饭桌前端起饭碗，这时候老舒冲上来夺走了碗，就势把舒农拎起来摔到门外，老舒说，"操你个小杂种，不给你吃不给你喝，看你还尿不尿床？看你还撒不撒谎？"

舒农坐在门槛前，朝父亲看了几眼，他的手在地上划着字，有一个字是"操"。门被老舒砰地关上了，舒农无可奈何地砸了几下门，然后就站起来拍着屁股上的灰。他们的猫这时从窗户里跳出来，猫朝舒农叫了一声，它好像咬着一条烧好的鱼。

"喵呜。"舒农学着叫了一声。他跟着猫朝街东走着，一直走到汽车修理厂，猫不知跑到哪里去了。舒农走到厂里去，看一群工人满身油腻地爬在汽车肚子里修汽车。舒农蹲在地上看他们修车。工人说，你怎么跑进来了？快出去。舒农说，我看看，看看也不行吗？

破汽车前面放着一桶汽油，舒农就蹲在那桶汽油前面，舒农耸着鼻子使劲地嗅汽油味，舒农说，我知道，这是汽油，一点就烧起来了。工人说，你说得对，千万别玩汽油，烧起来就

舒家兄弟　83

完了。舒农在那儿蹲了很长时间，后来修汽车的工人发现那小孩走了，少了一桶汽油，他们没想到是舒农偷走了汽油。

舒农拎着汽油桶走回家。有人在街上看见他了，问题是没有人知道他拎着汽油桶去干什么。舒农走到十八号的黑房子前面，他推开门，先把汽油桶放在门背后，然后他蹑手蹑脚走到屋里，他看见父亲在睡觉，舒工也在睡觉。他先轻轻地把父亲房间的门带上，用一把牙刷插在门鼻里。然后他走到舒工的床边。舒工的头埋在被窝里，发出了鼾声。舒农对着被窝轻轻骂了一声，王八蛋，看我怎么收拾你。他去拿汽油桶的时候，发现猫也回家了，猫伏在汽油桶上，绿莹莹的猫眼注视着他。舒农对猫做了个鬼脸，他把猫推开，拎着桶走到舒工的床边。舒农开始往舒工的床下倒汽油，他闻到汽油的香味在房子里悄悄地弥漫，干燥的地板也发出了轻微的呼吸声。舒农一路走一路倒，他看见水一样的汽油从门缝里渗进了父亲的房间。舒农想差不多了，火肯定能烧起来了，他放下桶四处看了看，一切都在午睡，包括那些陈旧霉烂的破家具，只有猫看着他，猫眼绿得发亮。舒农心里说，猫，你看我怎么收拾他们。他从舒工的衣服口袋里掏出了一盒火柴，他的手有点颤，他想他心里也许有点怕，他咬了咬牙，擦亮了第一根火柴，火柴掉在地板上，顿时有一股红色火苗蹿了起来。火首先是从舒工床底下烧起来的，火烧起来的时候舒农听见猫凄厉地叫了一声，在火焰中一闪而过。

舒农拼命往楼上跑。他不知道自己为什么要往楼上跑，林家的门都开着，丘玉美和涵贞从厨房里伸出头看，丘玉美说，"他怎么啦？"涵贞说，"他发神经了。"舒农没有理睬她们，他一直朝楼顶平台上爬去，当他爬到平台上的时候，听见下面已经响起了最初的混乱的杂音。他好像听见舒工失魂落魄的惊叫，听见父亲在拼命拉那扇被牙刷柄别住的门，他还听见涵贞从楼上滚到楼下的砰然响声，而丘玉美已经推开楼窗朝外喊，火火火火火火——舒农看不到火，他想为什么看不到火呢？舒农在楼顶上东张西望，紧接着他看见顶洞那儿红了一下，猫卷着一团火苗爬了上来。猫叫着燃烧着，发出一股奇怪的焦味。猫的眼睛由绿变紫，猫似乎要朝舒农扑来。舒农想上去抱住它，但猫身上的火使他有点害怕，猫怎么烧起来了呢？猫怎么跟他上楼顶了呢？舒农看见猫又往前跑了几步，然后就趴着不动了，它身上的火骤然熄灭，变成焦黑的一团。至此舒农发现他的猫先被烧死了。舒农伸手去摸了一下，猫的残骸很烫，他去摸了摸猫的眼睛，猫眼还活着，是绛紫色的，很亮。

香椿树街上有好多人朝十八号跑，舒农觉得人群像仓皇的老鼠一样朝他家涌来，一片嘈杂声。他想脚下这栋楼房马上就会烧起来了，他们怎么还往里跑？舒农探出头朝下看，看见所有的窗子都冒着黑烟，却看不到火。怎么没有火呢？舒农这样想着就听见下面有人在喊，舒农，舒农，他在房顶上！是舒工的声音，舒工朝他挥舞着拳头，他穿着短裤，身上没有一丝火苗。舒农想舒工怎么没烧着呢？也许他刚才装睡？舒农看见有人扛来一把长梯往墙上架，架梯子的是老舒。舒农的头就晕了，他发现事情没有按照他的设想发展，全都错了。舒农拼命去推那架梯子，推不动，老舒满脸油黑朝梯子上爬着。舒农扒着梯子喊起来，"别上来，你别上来！"老舒一声不吭朝梯子上爬着，舒农拼命去推那架梯子，还是推不动。他看见父亲被火烤黑的脸越来越近，他觉得心中有冰凉的东西在滴下来，"你别上来！"舒农高声狂叫起来，"你再上来，我就跳下去！"楼下的人群顿时静下来，他们都仰着脸观望舒农，长梯上的老舒也停了下来，他们都仰着脸观望舒农，老舒大概在长梯上停留了三秒钟，又继续往上爬，当他的手痉挛地搭到楼顶上时，看见舒农的身体像猫一样凌空跳起，掠过他的头顶。

香椿树街的居民们都目睹了舒农坠楼的情景。在一片惊叫声中最响亮的是舒农自己发出来的声音，像猫叫或者就像舒农发出的声音。

这是一九七四年秋天的一个傍晚，在我们的香椿树街上。印象中这天是南方的某个节日，到底是什么节我记不清了。

傍晚时分有两个年轻的北方佬从街的一头朝另一头走，他们是沿沪宁线旅行的。他们从香椿树街的一头朝香椿树街的另一头走，看见一辆白色救护车在狭窄的街道上飞驰而过，许多人朝一幢黑房子那里跑，他们也跑过去。房子的里里外外簇拥着男人、妇女和孩子，他们都在说话，但两个北方佬一句也听不懂，他们只是闻到房子里隐隐散出一股汽油味，有个女人对他们说普通话，"是小孩子玩火！"

后来两个北方佬站在石桥上看河上的风景，青黑色的河水从他们视线里流过，没有声音。上游漂下来的浮物穿过桥栏时，在石墩上撞来撞去。他们同时发现水上漂着一只白色的小套子，两个北方佬相视而笑，一个不说话，另一个拍了拍桥栏，说，"我操。"他们盯着水面上看，后来又发现一具被烧焦的小动物的尸体，它在暮色中沉浮，时隐时现，一个北方佬指着它说，"是什么？"另一个说，"好像是一只猫？"

（1989年）

南方的堕落

我从来没有如此深情地描摹我出生的香椿树街，歌颂一条苍白的缺乏人情味的石硌路面，歌颂两排无始无终的破旧丑陋的旧式民房，歌颂街上苍蝇飞来飞去带有霉菌味的空气，歌颂出没在黑洞洞的窗口里的那些体形矮小面容委琐的街坊邻居。我生长在南方，这就像一颗被飞雁衔着的草籽一样，不由自己把握，但我厌恶南方的生活由来已久，这是香椿树街留给我的永恒的印记。

南方是一种腐败而充满魅力的存在。有一位剃光头的电影导演说。那是前年春天的事。他从香椿树街上走过，方向是由西向东。这样他在行走了五分钟左右的时候就看见了和尚桥，正是雀背驮着夕阳的黄昏，和尚桥古老而优美地卧于河上，状如玉虾，每块青石都放射出一种神奇的暖色。而桥壁缝里长出的小扫帚树，绿色的，在风中轻轻摇曳。出于职业的敏感，电影导演轻叹一声，缓步沿阶上桥，他数了数，上桥经过了十三级台阶。十三。他想为什么是十三而不是其他数字。这不吉利。他站在桥头,眺望河上景色,被晚霞浸泡过的河水泛着锈红色,水面浮着垃圾和油渍,向下游流去。河的尽头依稀可见一柱高耸入云的红色烟囱。远景可以省略。电影导演关心的主要是桥以及桥的左右前后的景色。从理论上说,和尚桥是那种以南方水乡为背景的电影的最佳外景点,有桥,有水,有临河而立的白墙青瓦的房子。最令人炫目的是桥边有一座两层老楼的茶馆。

那就是梅家茶馆。到了一九七九年,茶馆的外形早已失去了昔日雍容华贵的风采,门窗上的朱漆剥落殆尽,廊檐上的龙头凤首也模糊不辨,三面落地门上的彩色玻璃已与劣质毛玻璃鱼目混珠。仰望楼上,那排锯齿形的楠木护壁呈现出肮脏晦涩的风格。无疑这一切都是多年风雨侵蚀的缘故。

细心的人可以发现茶馆门上的横匾,黑底烫金边,但上面没有字。一块无字匾。很少有人注意这个细节。无字匾一般不外乎以下两种原因:

其一:一时没有合适的称号。

其二:一时来不及烫上合适的称号。

去证实这两种原因对于香椿树街是毫无意义的。那些过着闲适晚年的老人每天去茶馆赶两个茶会,那些从来不进茶馆的居民每天匆匆经过茶馆,人们一如既往地把茶馆叫做梅家茶馆。

从前当我还是个爱好幻想的少年时,多少次我站在桥头,

南方的堕落

朝茶馆那排贴满旧报纸的西窗窥望。茶馆很容易让一个少年联想到凶杀、秘密电台、偷匿黄金等诸如此类的罪恶。我的印象中茶馆楼上是一个神秘阴暗的所在。我记得一个暮春的傍晚，当我倚在桥上胡思乱想的时候，那排楼窗突然颤动了一下，许多灰尘从窗棂上纷纷舞动起来。吱呀一声，面对我的一扇窗子沉重地推开了，一个男人出现在幽暗的窗边。我记得他的苍白浮肿的脸，记得他戴着一只毛茸茸的耳朵套子，滑稽而不合时令。桥与茶馆紧挨着，所以我的僵傻的身体也与他的一只手离得很近，我看见了他的手，一只干瘦的长满疤瘢的手，像石笋一样毫无血色，抠着窗框，每根手指都在艰难地颤动。他的眼睛漠然地扫过我的脸，扫过桥头，然后张大嘴说了一句话，小孩，快跑。

许多人告诉我金文恺是哑巴，我不相信。我确实无法相信。要知道我是亲耳听见他说话的，嗓音温和略带沙哑。他对我说，小孩，快跑。

小孩，快跑。

我将永远铭记金文恺临终前给我的箴言。以后我每次经过和尚桥的时候，确实都是快步如飞。我不知道自己是惧怕什么，是怕金文恺说的话还是怕他再次出现在楼窗边。事实上就在我看见金文恺后的一个月，金文恺就过世了，据说是死于癌症。

几百年来一直住在茶馆楼上的梅氏家族，到了金文恺是最后一代。金文恺没有子嗣，金文恺的遗孀是姚碧珍。

姚碧珍就是现在梅家茶馆的老板娘。香椿树街对姚碧珍的了解远胜于幽居楼上的金文恺。到了后来人们说到梅家茶馆时往往淡忘了一代一代的梅氏家族，而代之以姚碧珍如何如何的种种话题。

　　姚碧珍年轻时候肯定美貌风骚，肯定使金文恺拜倒在她裙下魂不守舍好多年。好多年过去了姚碧珍仍然有半老风韵，唇红齿白，腰肢纤细，尤其是她的肤色雪白如凝脂赛过街上的任何少女。那是由于终日与水接触的缘故，人们都相信这一点。姚碧珍自己并不这样看，当茶客们当着老板娘尽情赞美她与水的妙处时，姚碧珍说，人跟水有什么关系？水是死的，人是活的，只有水沾了人气，哪有人沾水气的道理？茶客们说，怪不得你烧的水好喝，味道不一样。姚碧珍双手叉腰朗声大笑，你们听说过狐狸精烧水的故事吗？茶客茶客，不喝清水要喝骚水，就这么回事。

　　姚碧珍仪态之骚情、谈吐之放肆是香椿树街闻名的。她本人就像茶馆窗外的和尚桥一样，已经成为一种特定的风景供人观赏。我很早就意识到了这一点。甚至在我粗线条的世界观里，一直把姚碧珍这个人物作为南方生活的某种象征。我讨厌南方。我讨厌姚碧珍。

　　当我回忆南方生活时总是想起一场霏霏晨雨。霏霏晨雨从梅家茶馆的屋檐上淌过，变成无数整齐的水线挂下来，挂在茶馆朝街的窗前。窗内烟气缭绕，茶客们的脸像草地蘑菇一样模

南方的堕落　93

糊不定，闪闪烁烁。只有姚碧珍的形象是那样醒目，她穿着水红色的衬衫，提着水壶在雨线后穿梭来往。我看见她突然站在某个茶客面前，伸出手做了一个极其猥亵下流的动作。

香椿树街的妇女对姚碧珍的历史了如指掌，姚碧珍的轶事经常是脍炙人口的，譬如姚碧珍夜里在楼上洗澡，有个男人给她搓背，他们的影子在灯光下清晰地映在窗上。妇女们着重强调的是，那个男人不是金文恺，而是一个真正的野男人。那么，他是谁？你说他是谁呢？

有人说是李昌。

说到李昌，他是又一个令我厌恶的人物。他其实是个小伙子，至少比姚碧珍年轻二十岁，头发梳得又光滑又考究，经常穿一双白色的皮鞋。印象最深的是李昌的桃花眼，长着这种眼睛的男人，对于女人来说都是一摊又黏又稠的烂糨糊，我认为李昌就是一摊烂糨糊，糊在姚碧珍丰满的臀部上，时间长达一年之久。我很恶心，扳指一算，那段时间正是金文恺绝病在身之际。金文恺辗转于黑暗的内室，闻见死亡的气息从他心爱的耳朵套子上一点点地滴落。住在茶馆附近的人家经常在半夜里听见一种人的嚎叫，悲怆而凄清。他们认为是野猫在房顶上争食，他们一直认为金文恺是个哑巴，或者干脆是个白痴。这些愚钝的居民人兽不分，忽略了金文恺弥留之际的背景材料。从另一个角度来看，香椿树街似乎很早就无视活幽灵金文恺的存在了。他们窥视活蹦乱跳的人的时候，常常省略了其他更有意义的内容。

我不得不再次提到李昌这个可恶的名字。李昌属于无业游民一类人。最早时糊口靠的是贩卖蔬菜。在香椿树街西侧的早市上，李昌混迹于许多女人中间叫卖芹菜、莴苣或者韭菜，如鱼得水，悠闲自在，从来没有过丝毫羞怯。他在卖菜时也穿着那双矫揉造作的白皮鞋，试图引起别人的艳羡。

李昌是个小伙子，他一般不会有泡茶馆的雅癖。那么他是怎么撞进梅家茶馆的呢？茶客们后来说，是骚货姚碧珍勾引了他。姚碧珍没有工夫去早市上买菜，就让李昌送菜给她，一开始两个人还为菜钱菜的质量讨价还价，后来不管李昌送什么菜，姚碧珍就掏钱，再后来，李昌把菜往灶上一扔，姚碧珍也不掏钱了。这种循序渐进的过程是很能说明问题的。茶客中有细心人，看在眼里，记在心里。有人跟姚碧珍插科打诨说，你跟李昌到底谁掏钱？姚碧珍就顺手把一杯剩茶往人家脸上泼，她郑重地声明，李昌是她的干儿子，干儿子给干娘送点菜，碍着你们什么事了？

李昌后来就是以干儿子的身份住进梅家茶馆的。李昌就是这样一个不明不白的家伙，说句粗鲁的话，李昌就是姚碧珍的月经带，恬不知耻地挂在那儿。他后来一脚踩烂了两只菜筐子，把扁担扔到河里，说是洗手不干了。别人说李昌你以后靠什么糊口呢？李昌竖起一节细腻的大拇指，朝梅家茶馆挥了挥，他说，老板娘有的是钱，我怕什么？

茶馆有钱是确凿无疑的。梅氏家族经营了几百年的茶馆生

南方的堕落

意，虽然几经灭顶之灾，钱还是有一批的。金文恺健在的时候别的本事不大，敛财有方却是很出名的。即使到了一九七九年，金家还有好多金器，据说装在一只老式手电筒里。手电筒在金文恺手里，还是在姚碧珍手里，别人无从知晓。直到金文恺病死后，有一条消息使众人震惊不已：金文恺到死也没有交出手电筒，姚碧珍摇他、亲他、骂他、拧他都没有用，金文恺怀着一种深刻的冷漠溘然故去。姚碧珍没有得到那只手电筒。

这消息是李昌走漏的。金文恺的寿衣是李昌穿的。李昌用一盆开水浇到死者身上时，听见死者的皮肤噼啪噼啪地响，而且喷出一股呛人的腥臭。他估计金文恺有十年没洗过澡了，腋窝、生殖器上都长满了疥疮。李昌说，老家伙好可怜，到头来还不如一头猪的下场。从李昌的话里不难推断金文恺与姚碧珍的关系。他们这对夫妻做到后来完全是名存实亡了。其原因一半是金文恺的孤僻自闭造成，另一半肯定是姚碧珍放浪淫逸的结果。还有一种原因难以启齿，茶客们都清楚，不说而已，倒是姚碧珍自己毫无羞耻之心，大肆暴露男人的生理缺陷，说金文恺比棉花团还软，该用的地方没有用，不该用的地方乱用。

描写这些东西对我来说是障碍重重。我对于香椿树街粗俗无聊的流言蜚语一直采取装聋作哑的态度，我厌恶香椿树街的现实，但是我必须对此作出客观准确的描写，这是没有办法的事情。

回到南方风景的线索上来，南方确实是有特色的地域。空气终日湿润宜人，树木在深宅大院和河岸两边蓬勃生长，街道与房屋紧凑而密集，有一种娇弱和柔美的韵味。水在人家的窗下流，晾衣竿从这家屋檐架到那家屋檐上，总是有衬衫、短裤和尿布在阳光下飘扬，充满人类生活的真实气息。这是香椿树街，香椿树街的人从街上慵懒散漫地走过，他们是真正的南方人。

有些人走过和尚桥。

有些人走过和尚桥，又走进了梅家茶馆。

地方史志记载，梅家茶馆始建于明朝嘉靖年间，最初叫做玩月楼。玩月楼这名字总是让我心存疑窦。我觉得玩月楼像一座妓院而不像一座茶馆，但是地方史志只此寥寥几笔，没有交代玩月楼的性质。我对几百年前的那座楼宇只能是空怀热情而已。

关于和尚桥的传说在香椿树街流传甚广。这传说分为多种版本，其中一种是牵连到梅家茶馆的。也就是说，传说中的祖奶奶就是梅氏家族的某一位女前辈，她有可能是金文恺的八代或九代祖奶奶。

传说祖奶奶是个老寡妇，她的独子仕途通达，当时是本地县令，而且以孝顺寡母闻名于世。祖奶奶本来可以倚靠儿子颐养天年，但她却丢不下茶馆这份家产。所以祖奶奶一直是梅家茶馆的老板娘。传说祖奶奶有一天对镜梳银鬓，听见窗外莺歌燕舞，一派春光，祖奶奶撩起窗前几枝新柳，看见窗下是一河春水，两岸是鸟语花香。这是几百年前的香椿树街景，我绝对没有见过。但传说就是这样的，传说描述祖奶奶在年近花甲之时突然春心萌动，对着河那边的一个和尚嫣然一笑。这里的斧凿痕迹很明显，细节显得荒唐滑稽。但是梅家茶馆的对岸至今有一个青云寺的遗碑，看来寺庙确实有过，那么和尚大概也有过的。传说描述和尚也是个老和尚，身披袈裟，脚蹬草履，正在河边的菜地里锄草。老和尚在所有文学经典里都是风流成性的，所以老和尚对祖奶奶的隔河挑逗是心领神会的。这么看来，两个老东西的眉目传情及至后来私通姘居也有点合情合理了。

传说描述那时候是没有桥的，从青云寺到香椿树街来要绕三里地。传说老和尚欲火难熬趁夜阑人静之时泅水而来，天天潜入祖奶奶的房中。春天河水依然冰冷，老和尚的身体也像河水一样冰冷。祖奶奶势必要用自己的身体把老和尚焐热。不焐热不行，这一点稍谙房中术的人都能理解。我皱紧眉头抖开这种所谓"包袱"，心里实在羞愧。但茶客就是这样津津乐道地谈论"冷热"问题的，我只是转述而已，我用不着羞愧。

传说祖奶奶渐渐地冻出病来。祖奶奶请医师来诊病，只说是受了寒。但是绝药吃了几十罐，病势却不见好转。祖奶奶的县令儿子，也就是金文恺的七代或八代祖宗闻讯焦虑万分，不知道母亲大人患了什么绝病。传说是一个快嘴丫头说漏了嘴，说，全怪对岸的老和尚。县令严加逼问，终于知道了实情。县令又羞又恼，当即要派兵丁去青云寺捉拿老和尚，但祖奶奶却不依。祖奶奶说，你要捉他不如先捉了我，把我绑到大街上去示众，把破鞋挂到我脖子上来，把我的头砍了去吧。你要他死不如先让我撞死了吧。祖奶奶说着就往墙上撞，县令抱住母亲大人，双膝跪下，涕泪交加。县令说，母亲的养育之恩至今未报，怎敢惹母亲生气？既然母亲是冻出来的病，儿子就有办法了。祖奶奶说，有什么办法呢？那秃厮就是不肯走路，他情愿在河里受冻。县令说，修一座桥好了，一头架到青云寺，一头架在家门口，只要能让母亲身体无恙，儿子也不论什么廉洁自好了。

传说和尚桥就是这样修起来的。如果这是真的，那么这段历史大概是梅氏家族最辉煌的一页了。我想起这传说有如吞食一只金头苍蝇，但是整个少年时代，我几乎天天要从和尚桥上过，从家里去学校。理智地说，过桥人是不应去败坏桥的名声的。

站在和尚桥桥头，俯视人来人往的香椿树街，数数梅家茶馆共有多少窗户，想想历史真是莫名其妙乱七八糟的东西，它虚幻而荒诞，远远不如厕所前的一排红漆马桶真实可靠。

有个破绽迟早是要收拾的。谁都会发现金文恺姓名上的问题，为什么梅氏家族到了末代会舍弃梅姓而改成金姓？对于南方人来说，任何一个宗族都不可能改姓，这种罪过无异于挖自己的祖坟，永远不可饶恕。

是金文恺自己把梅姓扔掉的，他有一天突然就跪到香椿树街派出所要求更改姓名，宣布他从此姓金。派出所方面提出种种质疑，金文恺只说一句话，你们救救我吧，再不改姓我就要没命了。那是一九五三年的事，正在搞公私合营，梅家茶馆也在合营之列。金文恺的改姓弄得新茶馆里的茶客啼笑皆非，都不知道他为什么改姓，更不明白为什么要姓金。终于有人一语道破天机，说，梅是霉，金是财，那家伙还在做发财梦。又有人说，应该报告政府。

金文恺自作聪明耽于钱财的性格可见一斑，他的梅氏家族遗传的命脉对新社会的气候没有任何适应能力。从一九五三年起，金文恺一直是香椿树街每次革命运动的靶子。粗略地估计一下，金文恺被游街、批斗大概有八十余次。这个数字超过了他的寿数，也超过了他储藏的黄金盎司量。

到了一九七九年金文恺绝病而死的时候，香椿树街的人普遍用因果逻辑谈论此事，结论自然简单，金文恺是应该死了，梅氏家族早就气数已尽了。有的老人则睿智地指出，梅氏家族在天之灵也会把金文恺这个异姓孽子揪住，像在香椿树街一样让他继续游街，批斗。

我想起金文恺这颗死魂灵，想起那双苍白干瘦的手在午后阳光下簌簌颤动的情景，心里对他有一个公正的评价，说说也无妨。

我认为金文恺是一个死不瞑目的冤魂，几年后他会重归梅家茶馆，以另一种形式实现他的理想。或者就是现在，某个深夜，他悄然出现在香椿树街上，挟着一只老式手电筒，冷不防对你说，孩子，快跑。

一年一度，秋风吹到南方来，吹落许多黄叶在香椿树街上旋转。有一年秋风乍起的时候，红菱姑娘来到梅家茶馆。

红菱姑娘搭乘一条运煤船进入香椿树街的河面，船过和尚桥桥洞后，红菱纵身一跃，就跳到了岸上。她把铺盖卷扔到地上，站在那儿舒了一口气。她站在梅家茶馆的西窗外，茶客们隔着玻璃都看见了红菱，秋风吹起她枯黄蓬乱的头发，红菱突然呼噜一声，朝地上吐了一口痰，她的出现并无一点诗意。

红菱姑娘走进梅家茶馆，向老板娘姚碧珍讨水喝。姚碧珍顺手抓过一杯茶客喝过的剩茶递过去，说，随便喝吧。红菱就坐在她的铺盖卷上喝那杯水。她的乌黑灵动的眼珠自由地逡巡着梅家茶馆，审视每一张陌生的脸，最后停留在姚碧珍的耳朵上，姚碧珍的耳朵上挂着两片黄澄澄的金耳环玛瑙坠子。

这是什么地方？

香椿树街。

我是说这儿是什么地方？

梅家茶馆。我的茶馆。

怎么这么多的人，他们在开会？

不是开会，是喝茶。

姚碧珍说着笑弯了腰。姚碧珍是经常发出这种不加节制的浪笑的。茶客们都转过脸看她笑。姚碧珍笑够了指着红菱姑娘说，她问你们在开什么会，你们到底在开什么会？谁来告诉她？你们不说我就说了。姚碧珍的嘴凑到红菱姑娘的耳边，突然说,他们在开□□大会。请原谅我在这里用了两个不负责任的方框,要知道姚碧珍的嘴一贯下流透顶,我写她的语言只能是犹抱琵琶半遮面。

很明显红菱姑娘是不知茶馆为何物的,贫乏的知识与她聪慧的眼珠子极不协调。茶客们一眼可以判断她来自某个穷乡僻壤地区,香椿树街有时是能够见到这些愚蠢的外乡人的,他们大多是从河上来,背着那种庸俗的红底大花被子,香椿树街居民凭借他们灵敏的嗅觉,一下子就能把他们从人堆里区分出来。

你从哪里来?

射阳。

我一猜你就是那一带人。来这里干什么?

走亲戚。

不对。你说谎了。香椿树街每家的底细都在晒太阳,没有哪家有苏北亲戚。你说说你的亲戚姓什么?

姓张。

又说谎。姓张的人像蚂蚁一样多。你的亲戚到底姓什么?

不知道。

不知道才是真话。你自己也不知道干什么来了。香椿树街可不是逃难人呆的地方。你准备再去哪里?

不知道。

那你就在这里呆几天吧。你不是要找亲戚吗?你的亲戚姓李名昌,就是我。我是你的表哥好了。

与红菱姑娘说话的是李昌。李昌的一只脚在地上,另一只脚踩在方凳上,他正在用抹布蘸了油擦他的白皮鞋,擦完这只脚又擦那只脚。红菱姑娘的黑眼珠炯炯地盯着面前的白皮鞋看,她喝完那杯剩茶舔了舔舌尖,然后她的干哑的嗓音就变得甜媚清亮了。

表哥,你的皮鞋可真白。

梅家茶馆收留了红菱姑娘。准确地说是一种暂时的收留,就像邻里之间互相收留被风刮过院墙的一块毛巾、一只袜子。这符合南方残存的人情味和道德观念,但是不符合老板娘姚碧珍的利益,问题出在李昌那里。李昌不知道用什么办法说通了姚碧珍,李昌那个下流东西对红菱姑娘打算盘简单明了,姚碧珍不会不清楚,但姚碧珍对别人说,我怕什么?花点钱买个女长工,看得顺眼留,看不顺眼再撵也不迟。姚碧珍还说,谅她一条癞狗也扶不上墙。言谈间充分体现出她的自作聪明颐指气使的老板娘风格。

一九七九年秋天这段时间里,红菱姑娘在梅家茶馆烧灶。她身手矫健如鱼得水,枯黄的脸不知不觉有了桃花色。仔细一看,她的眉眼是符合某种茶客的审美标准的,眉眼端正,丰乳宽臀,下巴上的一颗红痣长得也不败胃口。茶客们开始注意红菱姑娘,有一天他们鬼笑着窃窃私语,原来他们发现红菱姑娘的乳罩穿反了。茶客们尖锐的目光穿过红菱姑娘的的确良衬衫,发现她的乳罩穿反了。

红菱姑娘无所察觉，那天她有可能是仿效香椿树街女子，头一次给自己穿了乳罩。从道义上讲，穿反了不该受到谴责，应该受到谴责的是头一个发现穿反了的茶客。茶客们多不要脸，他们不去提醒红菱姑娘，却去提醒一个又一个进门的新茶客，他们都对红菱姑娘笑，红菱姑娘仍然无所察觉，她对众人报以知足的不免受宠若惊的微笑。直到姚碧珍疯笑起来。姚碧珍笑够了用一根手指捅了捅红菱姑娘的腰，不会穿就别穿，你里面穿反啦。

茶馆里的人们对红菱姑娘的作弄至今让我愤慨。这种作弄庸俗到了残忍的地步，使任何自尊的心灵无法承受。红菱姑娘当时的反应却远非我这么激烈。她低眉一看，说，反了？商店里的大姐让我这样穿的。姚碧珍又笑起来说，她逗你玩呢。红菱姑娘淡淡一笑，这么说，大家都在逗我玩了。

细品红菱姑娘的话，还是能发现她对茶馆周围人的态度的。其中味道有谦卑，也有警惕；有盲从，也有敌意。这很符合一个外乡人初到我们香椿树街的心态。

红菱姑娘并没有离开梅家茶馆。她第二天就搬到死鬼金文恺生前蜗居的房间里。有一天我走过和尚桥头，猛地发现梅家茶馆楼上的西窗被人打开了，一个陌生的姑娘倚窗而立，她一边用塑料梳子梳头发，一边弯腰俯视着和尚桥上来往的行人。南方的阳光一如既往投洒在梅家茶馆古老的青瓦上，也投洒在红菱姑娘青春勃发的脸上。

我在南方度过的少年时代基本上是空虚无聊的，往往是早晨起床时对生活还充满信心，一到傍晚看着夕阳从古塔上一点点坠落，人又变得百无聊赖了。

我觉得香椿树街上尽是吃饱了没事做的人，他们没有办法打发日子就想到开茶馆、泡茶馆的计策，可见人类是多么投机取巧，多么善于苟且偷生。

我祖父死于一九六九年，他生前是梅家茶馆的常客。我记得茶馆关门的那两年里，他因为无法泡茶馆脾气性格变得暴躁刁钻，成了一个十恶不赦的老混账东西，遭到家人一致唾弃。他在院子里摆了张八仙桌，妄图开一个家庭式茶馆，纠集了一批老眼昏花委琐不堪的茶友来喝茶，把好端端的一个家庭搞得乌烟瘴气。结果没有几天，他的事业就给全家人齐心协力搅黄了。茶叶、开水、杯子、椅子均遭封锁。后来我祖父只好蹲在门口，用一只漱牙缸子泡一角钱买一两的茶末子喝，一边喝一边大骂不迭，骂全家老小，骂时事风云，骂鸡骂鸭，骂到最后他的神经末梢出了毛病，成了一个讨人嫌的老疯子。

我这么百无禁忌地端出家丑，主要是申诉一下梅家茶馆与我间接的利害关系。我多年来厌恶梅家茶馆就源于此事。当然这也许是一种理性的借口。南方生活根本不以我的意志为转移，我的好恶一钱不值。我祖父死了好几年了，梅家茶馆又重新兴旺起来，这对于我是一种情感打击，对于我死去的祖父则具一种戏剧效果，现在他在天堂路上遥望梅家茶馆的风景，不知作何感想。

依稀记得祖父曾经在家庭茶桌上与老茶友大谈梅家茶馆昔

日的茶道,他们深深陶醉在种种繁琐累赘华而不实的形式中,充满激情,望梅止渴,要知道那时候梅家茶馆被封条封住,尘封三尺,那群老茶客的怀旧显得有点动人,但是究其实质是可笑的,他们不过是在为怎么把一杯茶喝下去喋喋不休,纯粹是作茧自缚或者是脱裤子放屁,毫不足取。对此我是有清醒认识的。

南方的陋习即使披上美丽的霓裳,也不能瞒骗我的眼睛。梅家茶馆迷惑人的茶道,我总结了一下,不过就是几种喝茶的方法。

一、温水泡新茶,然后用嘴喝下去。

二、沸水冲陈茶,然后用嘴喝下去。

三、水泡茶,先倒水再放茶,然后用嘴喝下去。

四、茶泡水,先放茶再倒水,然后也要用嘴喝下去。

一九七九年秋天,梅家茶馆是香椿树街闲言碎语的中心。中心的中心则是姚碧珍、李昌和红菱姑娘三人之间暧昧不清欲盖弥彰的关系。

有一天茶客们看见红菱姑娘像一只油桶般地从楼梯上滚下来,定睛一看,原来是被姚碧珍从楼上推下来的。姚碧珍跋着双拖鞋站在楼梯口,柳眉怒竖,唾沫横飞,嘴里骂,偷看,偷看,当心我剜了你的眼珠子喂狗吃。红菱姑娘从地上爬起来,捋捋衣角,脸上不改颜色,走到一个熟客那里给他续了一杯茶。

姚碧珍已经多次把红菱的铺盖卷扔出来，一次是因为红菱偷搽姚碧珍的雪花膏，一搽就搽掉大半瓶。一次是因为红菱在水锅里偷煮鸡蛋。结果鸡蛋壳煮碎了，蛋黄蛋白地漂了一锅。更多的原因都是偷看，据姚碧珍说，红菱心怀鬼胎，心术不正，无比下流，经常扒着锁眼偷看她的卧室。姚碧珍用牛皮纸把锁眼从里面堵住，没过几天，又让红菱给捅开了。红菱坚持对女主人实行监视，不知道动了什么糊涂心思。

姚碧珍曾经一手揪住红菱的胳膊，一手提着红菱的铺盖卷把她往门外推，但红菱却死死抱住门柱不肯走，两个女人都颇有力气，旗鼓相当，堵在门口进退两难。姚碧珍踩着脚朝街上行人喊，快来看看这条不要脸的癞皮狗，快来看吧，不收钱的，不看白不看。红菱似乎是配合姚碧珍对她的宣传，她突然双脚朝地一跪，抱住姚碧珍的腿，含着眼泪说，别赶我走，求求你，别赶我走了。你赶我走就是送我的命。姚碧珍说，你吓唬谁？你不明不白的来我们这里捣乱，谁知道你是哪路货色？你死了活了关我屁事。红菱说，老板娘你就积点德吧，你只要留下我，我活着给你做牛做马，死了也给你洗衣做饭。姚碧珍说，狗改不了吃屎，我实在不明白你为什么要偷看，你长的是人眼还是狗眼呢？红菱说，不看了，以后再也不偷看了。姚碧珍说，人要有个人样，你偷看了我我就会瘦点你就会胖点吗？姚碧珍环顾一下围观的人，又说，大家说说，是不是这个理？

我看见李昌从楼梯上踢踢踏踏地走下来，他走到人堆中间，推推这个，拨拨那个，说，好了好了，别在这里看热闹，回家做饭去，回家抱孩子去，守在这里也没有饭吃。李昌嘴叼海绵头香烟，一副气宇轩昂趾高气扬的架势。李昌他算个什么玩意儿，立即就有人与我深有同感，说，李昌，这是你家地方？我站在这里关你屁事，轮到你来吆五喝六的？李昌怒睁桃花眼，喂，你是不是骨头太紧，要我给你松一松？那人就把袖子往上一捋，嘴里喊，那就来吧，看看是谁给谁松？旁边的人立刻群情激奋，齐声嚷起来，打呀，打呀，哪个不打下面没把儿。关键时刻李昌就脓包，这一点也是众所周知的。李昌说，卖拳头也要约个时间，现在不跟你计较，走着瞧吧。有人喊，李昌李昌下面没把儿。李昌嘻地一笑，说，我下面怎样，你去问你姐姐。

李昌大概这时候才想起来下楼的目的，他把姚碧珍拉过来，一只手托着她的腰，他说，你们何必这样认真？她偷看归偷看，干活是挺卖力的，五块工钱的好劳力，打着灯笼也难找的。

我听见李昌这番话，再看看偎缩在角落里的红菱姑娘，她的脸上充满低贱的痛苦，黑眼珠紧张地瞟着李昌和姚碧珍的表情。她明显也听见了李昌的话，涣散的精神为之一振，当李昌把铺盖往她脚边扔过去的时候，红菱姑娘惟恐形势有变，拎起铺盖飞也似的逃上楼梯，酷似一只可怜的过街老鼠。

一切都令人作呕，我要是有什么办法，宁死也不会去看这种庸俗的闹剧，可是偏偏我又看了，而且从头至尾看得津津有味。

一切都令人作呕。人们想象中的温柔清秀的南方其实就这么回事。我不管别人是否说我有意给南方生活抹黑，反正我就这么看。我承认我是南方的叛逆子孙，我不喜欢潮湿、肮脏、人头簇拥的南方，谁也不能把我怎么样。

有一条巷子叫书院弄。我上学的时候每天从那里经过，看见弄堂口一年四季排着一长溜可恶的马桶。它们在阳光下龇牙咧嘴，散发着难闻的臭气。我就是不能忍受马桶，并且坚信这是一种懒惰的产物，他们为什么不把满脑子的生意经、小算盘和阴谋诡计匀一点出来，想想他们的排泄问题？

我上学的时候老师曾布置一项爱国卫生任务，每人必须向学校上缴一百只苍蝇尸体，我没有办法，在家里只杀掉了五只苍蝇，就跑到书院弄弄口去找。我举着一只苍蝇拍，在那些各式各样的马桶上乱拍一气，结果很轻松地拍死了另外九十五只苍蝇。我完成了任务，如果我要超额完成也很容易，书院弄那里的苍蝇多得不计其数，蔚为壮观。

从一滴水中可以看见大海，后来我就列出了一道富有哲理的公式：

南方＝书院弄＝九十五只苍蝇

公式是否成立，熟悉南方的人可以参加讨论。

一个下雨的早晨，梅家茶馆空荡荡的，茶客寥寥。姚碧珍与李昌一个坐在桌子上，一个坐在椅子上，对唱《双推磨》。

姚碧珍从前唱过滩簧戏，把个情焰汹涌的嫂子唱得煞有介事、丝丝入扣。李昌则挤眉弄眼摇首弄姿的，完全违背了人物原型，也糟蹋了地方戏曲艺术。

一个茶客说，李昌，你别唱了，再唱我的茶就发臭了。

这时候看见红菱姑娘从雨中撞进茶馆大门，浑身精湿，标准的落汤鸡形象。她以一种极其惶惑的目光朝唱戏的听戏的扫视了一番，然后跟跟跄跄地朝楼上走。红菱姑娘的异样引起了每个人的注意，姚碧珍立刻从桌上跳下来，追上了楼。

"你死哪里去了？水瓶都空的。"

"我见今天客少才出去的。"

"你死哪里去了？"

"医院，去看病了。"

"看病，你别撒谎，你会有什么病？"

"我真的有病，骗你是畜生。"

"谁管你有病没病，下楼灌水去。"

"我有病，一点劲也没有，你让我躺一会儿吧，医生说要躺三天呢。"

"躺三天？你到底得了什么富贵病？"

红菱姑娘摇了摇头，咬着嘴唇坐在床沿上。她的双腿有意无意地绞在一起，她坐在死鬼金文恺生前睡过的床铺上，发黄的头发上还在不停地淌着水珠。姚碧珍双手叉腰，审视着木偶般毫无表情的红菱姑娘。忽然姚碧珍冷笑了一声，她说，骚货，我知道你是什么病了，你是偷偷跑出去打胎了。

"不是，医生说我营养差，要多吃肉。"

"是谁的种？李昌的？"

"不是，医生说只要多吃肉。"

"多吃肉，你也不怕撑死？一顿吃三碗饭，还要吃肉？"

红菱姑娘抓到一块毛巾，擦着头发和脸，她的目光现在无动于衷。姚碧珍继续审视着她，目光由上至下，停留在红菱姑娘身子比较隐秘的地方，她突然踢了一下红菱的脚，说，把你的腿叉开。红菱下意识地松开了紧张的双腿。姚碧珍的火眼金睛立刻发现了一个惊人的证据。红菱姑娘薄薄的化纤裤子上，有一摊隐隐的血迹。

"我说呢，你的屁股怎么看也不对劲。"姚碧珍说，"几个月了？"

红菱姑娘至此完全失去了抵御能力，她茫然地扳起指头，扳到第三个指头，停住了，她说："大概三个月。"

姚碧珍翻了翻眼睛，她也在心里算了一下，算完了她说："这么说，我冤枉了李昌。还真没李昌的事。"

红菱说："老板娘又拿我开心，李表哥那样的，怎么能看得上我？"

姚碧珍说："那么要不要我给你们牵个线？"

红菱说："他怎么看得上我？"

姚碧珍朝地上呸地唾了一口，然后换了一种温和的口吻："告诉我，你肚子里是谁的种？"

红菱说："不能说，说了你也不认识，他在射阳呢。"

南方的堕落　111

姚碧珍说:"哎哟,你还假正经,说吧,我就喜欢听这些事。"

红菱说:"不能说,你打死我也不说。"

姚碧珍说:"你要说给我听了,这个月多付你五块工钱。"

红菱沉默了,她的手在床铺上划来划去的,过了一会儿,她抬起头看着姚碧珍:"你说的话当真?不骗我?"

姚碧珍说:"老娘说话算数,从不反悔。"

红菱说:"你要真给我就真说了。"

姚碧珍说:"说吧,一句话值五块钱呢。"

红菱闭上眼睛,很干脆地说出两个字。

我爹。

姚碧珍不相信自己的耳朵,她追问道,是谁?

红菱这回睁开了眼睛,漠然地迎着姚碧珍凑过来的脸,她又说了一遍。

我爹。

这回姚碧珍听清了,她拍了一下巴掌喊,天底下还有这样的事。忽然想起一个问题,又问,是你亲爹?

于是红菱不得不再说得详细一点。

我亲爹。

红菱最后拉住姚碧珍的衣袖央求,你可别告诉别人,你要是告诉了别人,我就没脸见人了。姚碧珍拍拍她的肩膀,说:我不告诉别人,女人知道女人的苦,你今天就躺一天吧,明天下楼干活。那五块钱下个月给你。

第二天还是个雨天，雨淅淅沥沥下个不停，关于红菱姑娘的新闻像雨水一样沿着香椿树街尽情流淌。几乎每一户香椿树街的居民都知道了这条惊世骇俗的新闻。在这个缠绵的雨天里，他们终于知道了红菱姑娘出逃到此的真正原因，从而感到如释重负。

我拎了一只酱油瓶子，打着一把油布伞走过和尚桥，看见桥下的梅家茶馆里人们眉飞色舞，处于一种莫名的亢奋状态。红菱姑娘站在老虎灶边，隔窗凝望桥上的人。她看我，我也看她，她不认识我，我却认识她。我就是不理解，在这种蒙羞忍垢的时候，她竟然还有闲情逸致朝桥上东张西望的。

我走进酱油店，听见卖酱油的女人问买酱油的女人，是亲爹还是后爹？买酱油的女人说，是亲爹，亲爹。

整整一条香椿树街，这类传言像雨水一样充沛，飘飘洒洒，或者就像冰雹打下来，打疼我的头顶。我又走过和尚桥，看见茶馆里的红菱姑娘依然故我，朝桥上张望，她除了看见一个拎着酱油瓶的少年，还想看见什么？我对她的厌恶之情油然升起，我模仿香椿树街的妇女，朝我厌恶的人吐了一口唾沫。红菱姑娘只是眨了眨眼睛。

很久以前我信奉一种悲观哲学。人活着没有意思，人死了也没有意思，而那些不死不活不合时宜的隐居者有可能是时代的哲人。

从某种意义上说，梅家茶馆的末代子孙金文恺是这种哲人，他躲在阴暗紧闭的小楼，沉思冥想，陶醉在种种白日梦中，弃绝了多少尘世的烦恼。他拒绝与人交谈，所以别人认为他是哑巴，他拒绝与姚碧珍性交，所以姚碧珍诽谤他阳痿不举，他甚至拒绝正常的饮食，他每天只吃一顿，稀饭和皮蛋。一白一黑这两种简单明快的食物引起我的幽幽思古之情。

香椿树街普遍认为金文恺是精神病患者，他们分析了他得病的历史原因、社会原因、家庭原因以及自身原因，认为金文恺的悲剧是势在必行的。

历史原因：

梅氏家族的光辉业绩对于金文恺是个大包袱，他无法超越前辈，因而极度恐惧。

社会原因：

新旧社会两重天。社会主义制度使金文恺的金钱梦彻底破灭，产生绝望情绪。

家庭原因：

金文恺没有物色到贤妻良母，风骚淫荡的姚碧珍对瘦弱多病的男人施以过多纠缠，金文恺的体质因此每况愈下。

自身原因：

金文恺心胸狭窄，凡事爱钻牛角尖，对钱财看得过重，所以承受不了革命运动的打击。

我对这些故作深刻的总结嗤之以鼻，我从来不认为他是一个精神病患者。他是香椿树街独一无二的隐居者，在万物苏醒、春雷声声的一九七九年,他显得多么清醒,多么飘逸,他对我说,孩子,快跑……

又有人告诉我,金文恺生不逢时,死得遗憾,他偏偏在一九七九年夏天一去不回。那正是有关部门决定把梅家茶馆资产归还金文恺的前夕。金文恺的一生是一无所获,即使是他偷藏的那只装满金器的手电筒,总有一天也会落到他人手里。

对这一点我深表赞同,在香椿树街上,一切都有可能落到别人手里去,包括一只鸡雏,一只拖把,一双臭袜子,甚至你不小心放了一个屁,也会有人怀着惯常的觊觎之心把它偷去。

姚碧珍是一只母老虎,在她盘踞梅家茶馆的年代里,一些真正的茶客对梅家茶的质量怨声载道,直到彻底绝望,他们情愿穿过香椿树街,再穿过南瓜街,再拐到宝带街,去那里的王家茶馆喝茶,而梅家茶馆的常客一旦被撕破外衣,他们的面目就显得可憎可恶,他们不过是些心术不正、图谋不轨、喜好聚众闹事的地痞、淫棍和二流子,名义上是喝茶,实质是去捞便宜。

有人经常去拍姚碧珍的屁股,让姚碧珍臭骂一顿,然后姚碧珍就会忘了收他们的茶钱。到后来这种方法被许多人尝试,都灵验了,这些人得了便宜还卖乖,说我不问她要手工费,她不问我要茶钱,正好两清。

姚碧珍是一个少见的风骚女人,要不是新社会,她肯定挂牌当了妓女。

姚碧珍年轻的奸夫李昌是一个标准的二流子,他毫无理想,更不要谈什么觉悟。他认为伦敦是美国的首都,英国的首都是黎巴嫩。

至于姚碧珍用五块钱雇来的红菱姑娘,她算什么?对于可怜的红菱姑娘,我真是恨铁不成钢。说起她在香椿树街的种种表现,我总是气恨交加,我这辈子也没再见过如此愚昧如此下贱如此苦命的妇女。

到了这年冬天,红菱姑娘又怀孕了,姚碧珍到时候就去检查她的马桶,一下发现了问题。姚碧珍说,你倒是有福气,跟头母猪一样的,说怀就怀了。红菱说,我也不知道怎么啦,说怀就怀了。姚碧珍说,这回是谁的?这回跑不了是李昌杂种的。红菱羞怯地默认了。姚碧珍又说,你准备怎么样?红菱想了想,很坚定地说,我要让孩子生下来,姚碧珍说,生下来又准备怎么样?红菱不解地说,什么怎么样,生下来就是生下来,我心里要他的骨血呢。姚碧珍挥手打了红菱一个耳光,她骂,贱货,亏你说得出口。

红菱姑娘在楼梯上拦住李昌,她不习惯说怀孕两个字,光是对着李昌诒媚地笑着,然后用手轻柔地抚摩自己的腹部。

你肚子疼?李昌说。

还没疼呢,到肚子疼还有好几个月呢。

肚子疼就去医院,打一针阿司匹林就不疼了,那针很灵验,包治百病。

不是肚子疼,是肚子坠,往下坠得慌呢。

那你吃得太多了,以后别那么死吃。

咳，表哥你真不懂？我是怀上了。

怀上了？怀上什么了？

孩子，你的孩子呀。

谁的孩子？我的孩子怎么跑到你肚子里去呢？

表哥你忘了，那天夜里你钻到我被窝里来了。

李昌的脸就立刻变色了，他搡了红菱一把说，少他妈说梦话，我才不会去钻你的被窝，你认为你是世界流行大美人？我怎么会钻你的被窝？

李昌踢踢踏踏地往楼下走，红菱姑娘在后面追，红菱一把抱住了李昌的白皮鞋，她就躺在楼梯上对着那双皮鞋倾吐衷肠。她说，表哥，你这么说我可怎么办？我是真想要你的骨血呀，是男是女不要紧，只要是你的骨血，我就要。

李昌实际上是拖着红菱的身体往楼下去，走了几步就走不动了。他说，什么骨血？要它派什么用场，是能吃还是能花？说完他就把手撑在楼梯扶手上，身子腾空，像猿猴一样灵巧地飞过红菱的头顶。李昌回头看看躺在楼梯上的红菱，朝她做了一个鬼脸，然后就走出了梅家茶馆。

留下红菱姑娘独自坐在楼梯上，面对午后一时空寂的茶馆。阳光从南窗里跳进来，跳到窗边的几张积满茶垢的八仙桌上，现在八仙桌很温暖，而红菱姑娘身处幽暗的方位，感到一种钻心刺骨的冷意。她抱着双臂独自坐在楼梯上，依稀想起李昌钻她被窝的那一夜风流。她想李昌怎么会忘了？这种事情怎么会忘了？又不是喝一杯茶，又不是撒一泡尿，怎么可以随随便便忘掉呢？

畜生。

红菱姑娘怀着一种湿润的温情骂了李昌一句。她握起一双长满冻疮的拳头，朝楼梯上李昌站过的地方捶了一拳。

姚碧珍睡过午觉下楼去，看见红菱还呆呆地坐在楼梯上，姚碧珍端详着红菱健壮的背部和宽大的骨盆部位，她说，你坐在这儿干什么，等着下崽了？

红菱回过头，目光迷惘地看着姚碧珍，说，他怎么忘了？

姚碧珍咯咯地笑起来，笑得喘不过气，笑完了她说，你是没见过男人，男人什么德行，我最知道了。

红菱说，他怎么会忘了？

姚碧珍往楼下走，一边走一边说，可不是忘了吗？男人都一样，干完事就把什么都忘了。

红菱说，他还喝了酒，一进屋就全脱光了，他还教我怎么样怎么样，我都说不出口。

姚碧珍怒喝了一声，闭上你的臭嘴，也不嫌恶心。你说吧，这事怎么了？你想要多少钱，就开个价吧。

红菱说，这回不要钱，我就是想要他的孩子。

姚碧珍冷笑道，要孩子？你想得也太美了，你以为你屁股大能生会养就想要孩子？没有这么便宜的事情。你没有结婚怎么生孩子？生了孩子没人肯当爹，你怎么生孩子？

红菱这时候开始抽泣，她抹着眼泪说，那我该怎么办？我总不能再挺着肚子回射阳去。

姚碧珍咬着牙说了一句，打掉，打掉。像上回一样，去打胎吧。我再给你五块钱好了。

红菱的身体哆嗦起来，她的眼睛黯淡了一会儿，猛地又亮了，她站起来，捂着小腹朝楼上跑，边跑边喊，不去，不去，我就是要这孩子。

姚碧珍就拍着楼梯扶手朝上面喊，不去你就给我滚，给我滚到你爹床上去。你要生就回家跟你爹去生吧。

这时候喝午茶的第一批茶客进门，正好听见姚碧珍在喊，跟你爹去生吧。茶客们哄堂大笑，笑完了说，跟爹生孩子多不好，生下孩子到底是兄弟还是儿子，不好称呼，谁要是愿意生就跟我来生吧，保险一枪命中，根红苗壮。

多少年来，阴私和罪恶充满人间，也充满这条短短的香椿树街。无须罗列事件，只要找到清朝年间地下刊出的《香街野史》，读罢你便会对我们这个地区的历史和所有杰出人物有所了解。

《香街野史》这本书现在几乎绝迹。记得我还是个小学生时，有一次偷偷潜入旧货收购站的仓库里淘金。在一捆发黄的积满灰尘的旧书里，我随意抽出一本，抽到的就是这本《香街野史》。我把它连同一批连环画偷回了家。这本书在我床底下的鞋箱里湮没了许多年，直到我的青春期来临，在一个烦闷的雨天里把它细细地浏览，羞于启齿的是我竭力寻找一些与性有关的章节，但是让人恼火的是每逢紧要关头，书中就发生缺页、涂墨等现象，当时我认为这本书的前主人一定是个货真价实的下流胚。

现在，当我努力回忆《香街野史》中的有关片断并为南方的现实寻找种种历史根源的时候，我发现我几乎是一个新的野史作者，不负责任地捕风捉影，居心叵测地添油加醋，揭露庸俗使我的行为本身也沾上了庸俗色彩。这就印证了香椿树街居民对我的看法，他们认为我是一个古怪促狭、鬼头鬼脑、半瓶子醋晃来晃去的家伙。如果他们知道我写了这篇小说，他们会朝我吐来无数浓痰和唾沫，直到把我淹死为止。

《香街野史》中有一段记叙的是梅氏家族的艳闻轶事，摘录如下：

清康熙年间，梅家茶馆因夫妻不睦、各有私情，闹出一个大笑话。说的是梅二郎与妻子张氏素来不睦，在外各有私情。偏偏二郎之母与张氏婆媳之间嫌隙已久，婆婆一心抓住媳妇与人私通的把柄，可谓用心良苦。一日，婆婆发现张氏与人在东邻王家幽会，婆婆喜出望外，无奈王家高楼深院，难以潜入，婆婆灵机一动，返身回家欲取梯子，不料心急事难成，梯子无影无踪。婆婆又上楼找，找到二郎房里，看见窗户洞开，梯子竟然架在窗外，一头搭在西邻刘家院子里。婆婆抓奸心切，急忙上去抽梯子，正待把梯子抽上来时，猛听得刘家后厢房里传出二郎的声音，说，抽不得，梯子抽不得。原来二郎也正与刘家媳妇鸳鸯成双。可怜那梅家老婆婆，对着梯子欲哭无泪，哭笑不得。

《香街野史》中还有一段记叙了梅家茶馆历史上轰动一时的钉子杀人案。读后让人毛骨悚然。

　　明末清初，梅家茶馆由梅家兄弟共同经营，兄弟俩齐心合力，茶馆生意兴隆，财源茂盛。及至后来，为了钱财的分配，兄弟俩屡屡争吵，拳脚相加。弟弟五大三粗，颇有气力，哥哥却是瘦弱不堪，不善动武，因此在斗殴中每每吃亏。天长日久，哥哥便对妻子说，无毒不丈夫，我必置他于死地而后快。妻子说，他身体那么强壮，你怎么置他于死地？哥哥说，身体强壮的人必定是暴死，你等着吧，明天那厮肯定暴死床上。他还未娶妻生子，你当嫂子的明天一定要抱尸大哭一场，以慰祖先在天之灵。第二天早晨嫂子进了小叔的房间，看见小叔直挺挺地躺在床上，一摸鼻孔，果然冰凉冰凉的已经咽气。嫂子当即大哭，并在茶馆门楣挂上白布与麻片，引来众多茶客和街人看死人，看死者面色依然红润，似仍沉浸在美梦之中。说是暴死，人皆深信不疑。哥哥请了验尸人来，验尸人遍查尸体各部，没有发现伤口，扪其舌苔，也非毒药所致，于是盖棺论定，梅家弟弟暴死身亡。停尸三日，入殓送葬。不料一个聪明的钉棺人对死者死因有所察觉，其时钉棺人一手

南方的堕落　　121

执锤，一手执灯，正等把最后一颗长钉打进棺木，钉棺人眼睛一亮，猛然失声尖叫，钉子，钉子。他打开棺板，解开死者头上的髻子，果然发现死者的天灵盖上嵌着一颗铁钉。此时哥哥跪地告罪，所谓暴死原因真相大白。翌日，哥哥被投入大牢。梅家茶馆一时人去楼空，独由孤儿寡母支撑度日，苦不堪言。

诸如此类的记载在历代小说野史中实属多见，但是《香街野史》中记载的是我们这条街道的如烟如云的历史故事，尤其是书中两次提到我所熟悉的梅家茶馆，提到金文恺的祖辈逸事，我想书的作者对今天的生活早已充满了预见，几百年前的生活仍然散见于这条街道的每个角落，捉奸和谋杀充斥于现实和我们的梦中。书中的每一篇章读来都使我身临其境。

有人猜测《香街野史》的作者草木客就是金文恺，说他晚年幽居在家就是在撰写这部充满罪恶虚伪和欺诈的怪书。我不能苟同，因为我记得很清楚，书是清末民初时由地下刊出的，它不可能出自金文恺之手。我为证实自己的观点，曾到床底下细细翻过所有的藏书，结果很蹊跷，那本书不见了，再也找不到了。

我也不知道什么时候把珍贵的《香街野史》弄丢了，也许已经丢了好多年了。现在我面临某种绝境，一旦香椿树街居民对我的这部作品群起攻之时，我再也拿不出别的证据来了。

冬天下第一场大雪的时候，红菱姑娘的尸体从河里浮起来，河水缓慢地浮起她浮肿沉重的身体，从上游向下游流去。

红菱姑娘从这条河里来，又回到这条河里去。

香椿树街的居民都拥到和尚桥头，居高临下，指点着河水中那具灰暗的女尸，它像一堆工业垃圾，在人们的视线中缓缓移动。当红菱姑娘安详地穿越和尚桥桥洞时，女人们注意到死者的腹部鼓胀异常，远非一般的溺水者所能比拟，于是她们一致认为，有两条命，她的肚子里还有一条命随之而去了。

有人用竹竿把红菱姑娘的尸体戳到岸边，然后把死者装进一只麻袋里，由东街的哑巴兄弟一前一后扛到姚碧珍的梅家茶馆前。在茶馆门口，哑巴兄弟受到了姚碧珍的阻拦，姚碧珍双臂卡住大门，她说，谁让你们把死人往我家里抬的？她是我妈还是我女儿？给我抬回去，抬回去。哑巴兄弟不会说话，就把大麻袋往地上一放。边上会说话的人就说话了，你老板娘也说得出口，抬回去？抬回到河里去吗？她是梅家茶馆的人，不回茶馆回哪里去？姚碧珍就破口大骂，谁说她是茶馆的人？她死赖在这里，打她不走，骂她不走，死了还要我来收尸吗？你们谁去捞的，好事做到底，不关我的事。捞尸的是哑巴兄弟，这时哑巴兄弟朝姚碧珍摊开手，等待着什么。姚碧珍说，你们张着手要什么？哑巴兄弟细细地比划了一番，原来是要钱。姚碧珍气得跳起来大骂，还跟我要钱？老娘赏你们一人一条月经带，你们要吗？

姚碧珍蛮横恶劣的态度没有吓退前来瞻仰死者的香椿树街

南方的堕落　123

人，他们对着地上湿漉漉的麻袋啧啧悲叹。好端端一个大姑娘，怎么就死在河里了？你去掰开她的嘴问问她，怎么就死在河里了？我也想听一听呢。这时候人群里响起一个尖锐的声音，蓄意谋杀，梅家茶馆蓄意谋杀。在场的许多人都不懂蓄意谋杀的意思，他们朝那个人看，那个人的脸一阵红一阵白，用鸭舌帽压住了激动的眼睛，一转身就逃出了人群。

那个人就是我，我当着众人宣布了我的判断后，一转身就逃出了人群。我与大批的前去梅家茶馆看死人的人擦臂而过，逆向而行。天空中的雪花一片片飘向我的肩头，飘在香椿树街头，很快地积成薄绒般的雪层，回头一看我们的香椿树街被白雪覆盖了一天，白茫茫一片真干净。

事实证明我的判断是正确的，红菱姑娘的确是被蓄意谋杀的。一九七九年冬天的一个雪夜，李昌把熟睡中的红菱姑娘从沿河窗户中扔出去，扔到河里。李昌在出逃新疆途中被抓获，扭送回到香椿树街的老家。李昌不成功的出逃纯粹是误会所致，或者说是错误的距离感的原因。李昌以为新疆距香椿树街不会超过到上海的距离，他跑到长途汽车站，向售票员要到新疆的车票。售票员就给了他一张到新姜镇的票。他就上了去新姜镇的长途汽车。需要说明的是李昌只上过一年小学，他认识"新"字但不认识"疆"字，所以人们对李昌潜逃的失败也没有什么可惋惜的。

李昌被收审时与审讯人员的对话后来在香椿树街流传

甚广。

李昌，你杀了人，你知罪吗？

知罪。要不然我就不跑了。

李昌，你的杀人动机是什么？

没有什么动机。我也没用枪没用刀的，我把她从床上抱起来扔到河里，她一声没吭。

李昌，为什么要杀人？

她说她肚子里有孩子了，说是我的，她要我带她去私奔，说是吃糠咽菜也愿意。我烦她，我警告她三次了，让她不要来烦我，她不听，这就怨不得我了。

李昌，你知道她掉下河就会死吗？

我本来想吓她一下，谁想她睡得那么死，一声不吭，也不喊一声救命。

李昌，既然吓她，后来为什么不下河救她？

我想下河的，可是又怕冷，那天下大雪，穿着棉衣都嫌冷，下河就更冷。

李昌，她肚子里的孩子到底是不是你的？

不知道。只有老天爷知道了，人都死了，找谁对证去。她说是我的，就算是我的，只可惜我没有当爹的福分。

李昌，不许油腔滑调，严肃一点。

我没有油腔，更不敢滑调，句句是真话，要是有假话，你们现在就一枪崩了我，让我前胸通后背，透心凉。

李昌收审后更大的一条新闻引起了香椿树街极大的震动，

南方的堕落

梅家茶馆令人瞩目的手电筒竟然一直拴在李昌的裤腰皮带上，据说李昌是从金文恺临死前睡的枕头芯子里找到的。据李昌自己交代，他盗金之前金文恺还没有死，金文恺睁着眼睛看着他把手伸到那只枕头芯子里，然后就一命呜呼了。

有一天姚碧珍提了一只篮子去探监。她给李昌带来了他最爱吃的卤猪头肉，隔着铁栅栏递给李昌。李昌在里面闷头大吃，姚碧珍在外面默默睇视。李昌吃完了还想吃，姚碧珍一手按住李昌的手亲着吻着，一手从篮子里抽出一把菜刀，飞快地朝李昌的手剁去。两个人都尖叫了一声，李昌的三个手指头被剁下来了，它们油腻腻血淋淋地躺在姚碧珍的竹篮里，像三颗红扁豆。

姚碧珍说，李昌，我挖不了你的心，只要你三根手指头，回去喂狗。姚碧珍面不改色心不跳，提着竹篮就走。姚碧珍就这样采取等价交换的原则，用一手电筒的金器换了李昌的三个手指头。

南方在黑暗中无声地飘逝。

年复一年，我在香椿树街上走来走去。我曾经穷尽记忆，掏空每一只装满闲言碎语的口袋，把它们带给这条香椿树街。但是我现在变得十分脆弱，已经有人指责我造谣生非，肆意诽谤街坊邻居，指责我愧对生我养我的香椿树街。问题是我有什么办法，即使我不出卖香椿树街，别人会比我更加阴险狠毒地出卖香椿树街。毕竟它已成为一种堕落的象征。

梅家茶馆现在是越来越破败，越来越古老了。到了一九八九年夏天，茶馆门庭冷落，冷冷清清。一个炎热的下午，我看见茶馆虚掩着门，十几张八仙桌，五十张靠背椅都在休息，做着怀旧的梦。姚碧珍已经是一个臃肿苍老的老妇人，她伏在一张桌上瞌睡，花白的头发被电扇的风吹得乱蓬蓬的，散发着永恒的风韵。

我走过和尚桥桥头，习惯性地看看茶馆二楼糊满旧报纸的窗户，听见已故的茶馆主人金文恺的声音，沉闷地穿越这个炎热的下午和这些潮湿发黏的空气，撞击着我的耳膜。

他说，孩子，快跑。

孩子，快跑。

于是我真的跑起来了，我听见整个南方发出熟悉的喧哗紧紧地追着我，犹如一个冤屈的灵魂，紧紧追着我，向我倾诉它的眼泪和不幸。

（1989 年）

灼热的天空

今天夹镇制铁厂的烟囱又开始吐火了，那些火焰像巨兽的舌头，粗暴地舔破了晴朗的天空。天空出血了。我看见一朵云从花庄方向浮游过来，笨头笨脑地撞在烟囱上，很快就溶化了。烟囱附近已经堆满了云的碎絮，看上去像黄昏的棉田，更像遍布夹镇的那些铁器作坊的火堆。天气无比炎热，我祖父放下了所有窗子上的竹帘，隔窗喊着我的名字。他说你这孩子还不如狗聪明，这么热的天连狗都知道躲在树阴里，你却傻乎乎地站在大太阳下面，你站在那儿看什么呢？

　　整个正午时分我一直站在石磨上东张西望，夹镇单调的风景慵懒地横卧在视线里，冒着一股热气，我顶着大太阳站在那儿不是为了看什么风景，我在眺望制铁厂前面的那条大路。从早晨开始大路上一直人来车往的非常热闹，有一支解放军的队伍从夹镇中学出来，登上了一辆绿色的大卡车，还有一群民工推着架子车从花庄方向过来，吱咕吱咕地往西北方向而去。我还看见有人爬到制铁厂的门楼上，悬空挂起了一条横幅标语。

　　我总觉得今天夹镇会发生什么事情，因此我才顶着大太阳站在石磨上等待着。正午时分镇上的女人们纷纷提着饭盒朝制铁厂涌去，她们去给上工的男人送饭，她们走路的样子像一群被人驱赶的鸭子，只要有人朝我扫上一眼，我就对她说，不好啦，今天工厂又压死人啦！她们的脚步戛然停住，她们的眼睛先是惊恐地睁大，很快发现我是在说谎，于是她们朝我翻了个白眼，继续风风火火地往制铁厂奔去。没有人理睬我，但我相信今天夹镇会发生什么事情。

除了我祖父，夹镇没有人来管我，可是隔壁棉布商邱财的女儿粉丽很讨厌，她总是像我妈那样教训我，我看见她挟着一块布从家里出来，一边锁门一边用眼角的光瞄着我，我猜到她会叫我从石磨上下来，果然她就尖着嗓子对我嚷嚷道，你怎么站在石磨上？那是磨粮食的呀，你把泥巴弄在上面，粮食不也弄脏了吗？

今天会出事，我指着远处的制铁厂说，工厂的吊机又掉下来了，压死了两个人！

又胡说八道，等我告诉大伯，看他不打你的臭嘴！她板着脸走下台阶，突然抬起一条腿往上撸了撸她的丝袜，这样我正好看见旗袍后面的另一条腿，又白又粗的，像一段莲藕。我不是存心看她的腿，但粉丽大惊小怪地叫起来，你往哪儿看？不怕长针眼？小小年纪的，也不学好。

谁要看你？我慌忙转过脸，嘴里忍不住念出了几句顺口溜，小寡妇，面儿黄，回到娘家泪汪汪。

我知道这个顺口溜恰如其分地反映了粉丽在夹镇的处境，

灼热的天空　　131

因此粉丽被深深地激怒了。我看见她跺了跺脚，然后挥着那卷棉布朝我扑来，我跳下石磨朝大路上逃，跑到宋家铁铺门口我回头望了望，粉丽已经变成了一个浅绿色的人影，她正站在油坊那儿与谁说话，一只手撑着腰，一只手把那卷棉布罩在额前，用以遮挡街上的阳光。我看见粉丽的身上闪烁着一种绿玻璃片似的光芒。

我祖父常常说粉丽可怜，我不知道她有什么可怜的，虽说她男人死了，可她爹邱财很有钱，虽说她经常在家里扯着嗓子哭嚎，但她哭完了就出门，脸上抹得又红又白的，走到哪儿都跟人有一搭没一搭地说话。我懒得搭理她，可是你不搭理她她却喜欢来惹你，归根结底这就是我讨厌粉丽的原因。

远远地可以听见制铁厂敲钟的声音，钟声响起来街上的行人走得更快了，槐树上的知了也叫得更响亮了。只有一个穿黄布衬衫的人不急不慌地站在路口，我看见他肩背行李，手里拎着一只网袋，网袋里的脸盆和一个黄澄澄的铜玩意碰撞着，发出一种异常清脆的响声。我觉得他在看我，虽然他紧锁双眉，对夹镇街景流露出一种鄙夷之色，我还是觉得他会跟我说话。果然他朝我走过来了。他抓着脖子上的毛巾擦了擦额头，一边用恶狠狠的腔调对我说话，小孩，到镇政府怎么走？

他一张嘴就让我反感，他叫我小孩，可我估计他还不满二十岁，嘴上的胡须还是细细软软的呢。我本来不想搭理他，但我看见他的腰上挎着一把驳壳枪，枪上的红缨足有半尺之长，那把驳壳枪使他平添了一股威风，也正是这股威风使我顺从地给他指了路。

小孩,给我拿着网袋!他拽了我一把,不容分说地把网袋塞在我手里,然后又推了我一下,说,你在前面给我带路!

我从来没有遇见过这么霸道的人,他这么霸道你反而忘记了反抗,世界上的事情有时就是无理可说的。我接过那只网袋时里面的东西又哐啷哐啷地响起来,我伸手在那个铜玩意上摸了摸,这是喇叭吧?我问道,你为什么带着一个喇叭?

不是喇叭,是军号!

军号是干什么用的?

笨蛋,连军号都不知道。他粗声粗气地说,部队打仗用的号就叫军号!宿营睡觉时吹休息号,战斗打响时吹冲锋号,该撤退时吹撤退号,这下该明白了吧?

明白了,你会吹军号吗?

笨蛋,我不会吹带着它干什么?

我们夹镇不打仗,你带着军号怎么吹呢?

他被我问得不耐烦起来,在我脑袋上笃地敲了一下,让你带路你就带路,你再问这问那的我就把你当奸细捆起来,他走过来一把夺回了那只网袋,朝我瞪了一眼说,我看你这副懒懒散散的样子,一辈子也别想上部队当兵,连个网袋也拿不稳!

就这样我遇见了尹成,是我把他带到镇政府院子里的。我不知道他到夹镇来干什么,只知道他是刚从部队下来的干部。夜里邱财到我家让祖父替他查账本,说起税务所新来了个所长,年纪很轻却凶神恶煞的,我还不知道邱财说的人就是尹成呢。

夹镇税务所是一幢两层木楼，孤零零地耸立在镇西的玉米地边。那原先是制铁厂厂主姚守山给客人住的栈房，人民政府来了，姚守山就把那幢木楼献给了政府，他想讨好政府来保住他在夹镇的势力，但政府不上他的当，姚家的几十名家丁都被遣走了，姚家的几百条枪支都被没收了，政府并不稀罕那幢木楼，只是后来成立了税务所，木楼才派上了用处——这些事情与我无关，都是那个饶舌的邱财来串门时我听说的。

我常常去税务所那儿是因为那儿的玉米地，玉米地的土沟里藏着大量的蛐蛐。有一天我正把一只蛐蛐往竹筒里装，突然听见玉米地里回荡起嘹亮的军号声。我回头一看便看见了尹成，他站在木楼的天台上，一只手抓着军号，另外一只手拼命地朝我挥着，冲锋号，这是冲锋号，他朝我高声叫喊着，你还愣在那儿干什么？你耳朵聋啦？赶紧冲啊，冲到楼上来！

我懵懵懂懂地冲到木楼天台上，喘着气对他说，我冲上来了，冲锋干什么？尹成仍然铁板着脸，笨蛋，这几步路跑下来还要喘气？他说着将目光盯在我的竹筒上，语气突然变得温和起来，小孩，今天抓了几只蛐蛐啦？我还没来得及说什么，尹成冷不防从我手中抢过了一节竹筒，他说，让我检查一下，你逮到了什么蛐蛐？

我看得出来尹成喜欢蛐蛐，从他抖竹筒的动作和眼神里就能看出来。但这个发现并不让我高兴，我觉得他对我的蛐蛐有所企图。我又不是傻瓜,凭什么让他玩我的蛐蛐?我上去夺那节竹筒,可气的是尹成把我的手夹在腋下,他的胳膊像铁器一样坚硬有力,我的手被夹疼了,然后我就对着他骂出了一串脏话。

你慌什么?尹成对我瞪着眼睛,他说,谁要你的蛐蛐?我就看一眼嘛,看看这儿的蛐蛐是什么样。

看一眼也不行。弄死了你赔!

我赔,弄死了我赔你一只。尹成松开了我的手,跟我勾了勾手指,他说,我逮过的蛐蛐一只大缸也盛不下,一只蛐蛐哪有这么金贵?你这小孩真没出息。

尹成倒掉了搪瓷杯里的水,很小心地把蛐蛐一只只放进去,我看见他在屋檐上拔了一根草,非常耐心地逗那些蛐蛐开牙,你都逮的什么鬼蛐蛐呀?都跟资产阶级娇小姐似的,扭扭捏捏的没有精神!尹成嘴里不停地奚落着我的蛐蛐。他说,这只还算有牙,不过也难说,咬起来多半是逃兵,我看干脆把它们都踩死算了,怎么样,让我来踩吧?

不行,踩死了你赔!我又跳了起来。

尹成咧开嘴笑了笑,他把那些蛐蛐一只只装回竹筒,对我挤着眼睛说,看你那熊样,我逗你玩呢。

我眼睛很尖,我注意到他把竹筒还给我时另一只手盖住了搪瓷杯的杯口,因此我就拼命地扒他的手想看清杯里是否还留着蛐蛐,而尹成的手却像一个盖子紧紧地扣着杯子不放,这么僵持了好久,我灵机一动朝天台下喊起来,强盗抢东西啰!这

灼热的天空　　135

下尹成慌了，尹成伸手捂住我的嘴，不准瞎喊！他一边朝四周张望着一边朝我挤出笑容，他说，你这小孩真没出息，我也没想抢你的蛐蛐，我拿东西跟你换还不行吗，怎么样，就拿这杯子跟你换？

不行！我余怒未消地把手伸进杯子，但杯子里已经空了，我猜尹成已经把蛐蛐握在手里，他空握着拳头举到空中，身子晃来晃去地躲避着我，我突然意识到尹成很像镇上霸道的大孩子，偏偏他年纪比我大，力气也比我大，遇到这种情况识趣的人通常不会硬来，后来我就识趣地坐下来了，但嘴里当然还会嘀嘀咕咕，我说，玉米地里蛐蛐多的是，你自己为什么不去逮呢？

笨蛋，我说你是笨蛋嘛，他脸上露出一种得胜的开朗的表情，他说，我是个革命干部，又不是小孩子，撅着屁股逮蛐蛐？成何体统，让群众看见了什么影响？

我看着他小心翼翼地把那只蛐蛐放回搪瓷杯里。杯子不行，等会儿还得捏个泥罐，他自言自语地说着，回头朝我看了一眼，大概是为了安抚我，他走过来摸了摸我的脑袋，你还噘着嘴？不就一只蛐蛐嘛？告诉你解放军不拿群众一针一线，可是你不要杯子，我还真想不出拿什么东西跟你换，你别瞪着我的军号，我就是把脑袋给人也不会把军号给人的，要不我给你吹号吧，反正这几天夹镇没有部队，吹什么都行。

吹号有什么意思？我的目光开始停留在尹成腰间的驳壳枪上，我试探着去触碰驳壳枪，你给我打一枪，我说，打一枪我们谁也不欠谁。

不行，小孩子怎么能打枪？他的脸上幡然变色，抬起胳膊肘捅了我一下，滚一边去！他朝我怒声吆喝起来，给你梯子你就上房啦？你以为打枪跟打弹弓似的？子弹比你的蛐蛐金贵一百倍，一枪必须撂倒一个敌人你懂不懂？怎么能让你打着玩？

尹成发怒的模样非常吓人，难怪邱财他们也说他凶。我突然被吓住了，捡起竹筒就往楼下跑，但我还没跑下楼就被他喊住了，给我站住，尹成扶着天台的护栏对我说，我可从来不欠别人的情，告诉我你想打什么，我替你打，只要不打人和牲畜，打什么都行。

我站在台阶上犹豫了一会儿，随手指了指一棵柳树上的鸟窝，然后我就听见了一声脆亮的枪响，而柳树上的鸟窝应声落地，两只朝天翁向玉米地俯冲了一程，又惊惶地朝高空飞去。

枪声惊动了税务所小楼里的所有人，我看见他们也像鸟一样惊惶地窜来窜去，有个税务干部抓住我问，谁打枪。哪儿打来的枪？我便指了指天台上的尹成，我说，反正不是我打的枪。

所有人都抬眼朝尹成望着，尹成正在用红缨擦驳壳枪的枪管，看上去他的神色镇定自若，你们都瞪着我干什么？尹成说，是枪走火啦，再好的枪老不用都会走火的。

我听见税务员老曹低声对税务员小张说，他打枪玩呢，就这么屁大个人，还来当税务所长。我知道两个税务员在说尹成的坏话，这本来不关我什么事，但尹成的那一枪打出了威风，

灼热的天空　　137

使我对他一下子崇敬起来，所以我就扯着嗓子朝尹成喊起来，他们说你打枪玩呢！他们说你屁大个人还当什么税务所长！

我看见尹成的浓眉挑动了一下，目光冷冷地扫视着两个税务员，尹成没说什么，但我分明看见一团怒火在他的眸子里燃烧。然后尹成像饿虎下山一样冲下台阶，一把揪住了税务员小张，楼下的人群都愣在那里，看着尹成抓住小张的衣领把他提溜起来。瘦小如猴的小张在半空中尖叫起来，不是我说的，是老曹说的！尹成放下小张又去抓老曹，老曹脸色煞白，捡了块瓦片跳来跳去的，你敢打我！当着群众的面打自己的同志？你还是所长呢，什么狗屁所长！老曹这样骂着人已经被尹成撞倒在地，两个人就在税务所门口扭打起来，我听见尹成一边喘气一边怒吼着，我让你小瞧我，让你不服气，我立过三个二等功，三个三等功，我身上留着一颗子弹十五块弹片，你他妈的立过什么功，你身上有几块弹片？

我看老曹根本不是尹成的对手，要不是邱财突然冒出来拉架，老曹就会吃大亏了。谁都看得出来尹成拉开了拼命的架势。他的力气又是那么大。邱财上去拽人的时候被尹成的胳膊抡了一下，差点摔了个狗啃泥。

邱财不知道是从哪儿冒出来的，他这会儿倒像干部似的夹在尹成和老曹之间，一会儿推推这个，一会儿搡搡那个，世上没有商量不了的事，何必动拳头呢？邱财眨巴着眼睛，拍去裤管上的泥巴，他说，干部带头打架，明天大家都为个什么事打起来，这夹镇不乱套了嘛？

税务员老曹不领邱财的情，他对邱财瞪着眼睛说，邱财，你这个不法奸商，你想浑水摸鱼吧？我们打架轮不到你来教训我们，我会向领导汇报的。

　　你看看，好心当成驴肝肺。邱财喷着嘴转向尹成说，尹同志年轻肝火旺，又是初来乍到，水土不服人的脾气就暴，这也不奇怪，尹同志明天到我家来，我请你喝酒，给你接风，给你消消气。

　　尹成没有搭理邱财，我看见他低着头站在那儿，令人疑惑的是他突然嘿嘿一笑，然后骂了一句脏话，操他娘的，什么同志？我现在没有同志！人们都在回味尹成的这句话，尹成却推开人群走了，我看见尹成大步流星地走到路边那棵老柳树下，捡起被打碎的鸟窝端详了一会儿又扔掉了，然后他对着柳树撒了泡尿。他撒尿的声音也是怒气冲冲的，好像要淹死什么人，因此我总觉得尹成这个干部不太像干部。

　　今天从椒河前线撤下来的伤兵又挤满了夹镇医院，孩子们都拥到医院去看手术，看见许多的士兵光着身子大汗淋漓地躺在台子上，嘴里嗷嗷地吼叫着。大夫用镊子从他们身上夹出了子弹，当啷一声，子弹落在盘子里，孩子们就在窗外拍手欢呼起来，有人大声数着盘子里的黄澄澄的弹头，也有人挤不到窗前来，就在别人身后像猴子似的抓耳挠腮，一蹦一跳的，我知道他们都是冲着那些弹头来的，等会儿医生把盘子端出来，他们会拥上去把那些弹头一抢而光。夹镇从来没有打过仗，孩子们就特别希罕子弹头这类玩意儿，当然我也一样，虽然尹成给过我几颗，有一次他还开玩笑说要把肩胛骨里的弹头挖出来给我，我知道他在开玩笑，但假如他真那么做我会乐意接受的。

有个年轻的军官左手挂了彩，用木板绷带悬着手，他在水缸边洗澡，用右手一瓢一瓢地舀水，从肩上往下浇。我看见尹成风风火火地闯进医院的院子，他见到洗澡的军官嘴角就咧开笑了，他朝我摆了摆手，然后蹑手蹑脚地走到军官身后，提起一桶水朝他头上浇去。

看得出来尹成跟那个徐连长是老战友，他们一见面就互相骂骂咧咧的，还踢屁股。尹成见到徐连长脸上的乌云就逃走了，到夹镇这些日子我第一次看见他咧嘴傻笑。后来尹成就拽着徐连长往税务所走，我跟在他们身后，听见他们在谈论刚刚结束的椒河战役，主要是谈及几个战死的人，那些人我一个都不认识。

徐连长说，小栓死了，踩到敌人的地雷，一条腿给炸飞了，操他娘，我带人撤下来时他还在地上爬呢，铁生上去背他，他不愿意，说要把那条腿找回来，铁生刚把他背上他就咽气了。

尹成说，操他娘的，小栓才立过一个三等功呀。

徐连长说，老三也死了，胸前挨了冲锋枪一梭子弹，也怪他的眼病，一害眼病他就看不清动静，闷着头瞎冲，身上就让打出个马蜂窝来了。

尹成说，操他娘的，老三家里还有五个孩子呢，谁牺牲也不该让他牺牲，他也才立过两个三等功呀。

徐连长说，老三自己要参加打椒河，他老犯眼病，年纪又大了，组织上已经安排他转地方了，他非要打椒河不可，老三也是个倔人嘛。

操他娘的，尹成低着头走了几步，突然嘿地一笑，说，也没有什么可惜的，老三跟我一个脾气，死要死得明白，活要活得痛快，他要是也跟我似的去个什么夹鸡巴镇，去个什么税务所闷着闲着，还不如死在战场上痛快。

你还是老毛病，什么痛快不痛快的？徐连长说，干革命不是图痛快，革命事业让你在战场上你就在战场上，让你在地方上你就在地方上，不想干也得干，都是党的需要。

那你怎么不到地方来？尹成说，你怎么不来夹镇当这个税务所长？凭什么你能打仗上战场，我就得像个老鼠似的守着那栋破楼？

你他妈的越说越糊涂了，徐连长说，我知道你最不怕死，可我告诉你，你尹成是党的人，党让你去死你才有资格去死，党让你活着你就得活着，像只老鼠怎么了？革命不讲条件，革命需要你做老鼠，你还就得做好老鼠！

我在后面忍不住咯咯地笑起来，尹成猛地回过头朝我吼道，不准偷听，给我滚回家去。尹成一瞪眼睛我心里就犯憷，我只好沿原路往回跑，跑出去没多远我就站住了，心想我何必这么怕尹成呢，我祖父说尹成不过是个愣头青，他确实是个愣头青，跟谁说话都这么大吵大嚷的，一点也不像个干部。我钻到路边姚家的菜地里摘了条黄瓜咬着，突然听见尹成跟那个徐连长吵起来了，他们吵架的声音像惊雷闪电递次炸响，菜地里的几只鸟也被吓飞了。

徐大脑袋，你少端着连长的架势教训我，你以为你能带着一百号人马上战场就了不起了？你就是当了军长司令我也不尿你的壶，徐大脑袋，你除了脑袋比我大多几个臭文化，你有哪点比我强？

徐大脑袋，你别忘了，我在十二连吹号时你还在给地主当帮工呢，打沙城的时候你还笨得像只鹅，你伸长了脖子爬城墙，要不是我你的脑袋还在脖子上吗？操他娘，你忘了我脖子上这块疤是怎么落下的？是为你落下的呀！

徐大脑袋，我问你我身上有多少光荣疤，十五块对吗？你才有几块光荣疤，我知道你加上这条胳膊也才八块，十五减八等于七对吗？徐大脑袋你还差我七块呢，差我七块呢，凭什么让你在战场上让我下地方？

我听清楚的就是尹成的这些声音。从夹镇西端去往税务所的路上空旷无人，因此尹成就像一头怒狮尽情地狂吼着，吼声震得路边的玉米叶子沙沙作响。我很想听到徐连长是怎么吼叫的，但徐连长就像一个干部，他出奇的安静，他面对尹成站着，用右手托着悬绑的左臂，我沿着玉米地的沟垄悄悄地钻过去，正好听见徐连长一字一句地说出那句话。

徐连长说，尹成，你是不应该来夹镇，你应该死在战场上，否则你会给党脸上抹黑的。

徐连长说完就走了，他疾步朝夹镇走去，甚至不回头朝尹成看一眼，我觉得徐连长的言行都有藐视尹成的意思，一个干部藐视另一个干部，这是我所不能理解的。透过茂密的玉米叶子，我看见尹成慢慢地蹲在路上，他在目送徐连长离去，尹成的脸上充满了我无法描述的悲伤，我不知道他为什么突然蔫了下来，更加让我惊愕的是他蹲在路上，一直捏弄着一块土疙瘩，我看见他的脸一会儿向左边歪，一会儿向右边歪，脖子上的喉结上下耸动着，我觉得他像要哭出来了。

我拿着那条咬了一半的黄瓜走到尹成面前，我把黄瓜向他晃着，说，要不要吃黄瓜？

尹成抬起手拍掉了我手里的黄瓜，他看了我一眼，又低下头瞪着那块土疙瘩。我听见他用一种沙哑乏力的声音说，小孩，去把徐连长叫回来，我要跟他喝顿酒，我要跟他好好聊一聊，徐大脑袋，他才是我的同志呀。

他已经走远了。我指着远处徐连长的身影说，是你自己把他气走的，你骂了他，你把他气走了。

我不是故意气他的。尹成说，我见到他心里别提有多高兴。怎么说着话就斗起嘴来？好不容易见一次面，怎么能这样散了？

你骂他徐大脑袋，你说他的光荣疤不如你多嘛。我说。

我真是给他们气糊涂了。我跟徐大脑袋头挨头睡了三年呢，天各一方的又见面，怎么就气呼呼分了手？他们还要去打西南，这一走我恐怕再也见不到尖刀营的同志了。尹成这时把我的脑袋转了个向，我正在纳闷他为什么要转我脑袋呢，突然

灼热的天空　143

就听见了尹成的哭声，那哭声起初是低低的压抑住的，渐渐地就像那些满腹委屈的孩子一样呜呜不止了。我在一旁不知所措，我想尹成是个干部呀，平时又是那么威风，怎么能像孩子似的呜呜大哭呢？我忍不住地往尹成身边凑，尹成就不断地推开我的脑袋，尹成一边哭一边对我嚷嚷，你从这里滚开，快去把徐大脑袋追回来，就说我不是故意的，我想找他聊一聊的，我想跟他一起喝顿酒！

是你把他骂走的，你自己去把他叫回来嘛。我赌气地退到一边说，我才不去叫呢，我又不是你的勤务兵！

这时候税务所木楼里有人出来了，好像是税务员老曹站在台阶上朝我们这里张望，我捅了捅尹成说，老曹在看你呢！尹成一下子从地上跳了起来，他在脸上胡乱抹了一把，突然想起什么，恶狠狠地看着我说，今天这事不准告诉任何人，你要是告诉别人我就一枪崩了你！

我知道他所说的就是他呜呜大哭的事情，但我不知道自己是否能忍住，不把这件事情告诉别人。

我与税务所长尹成的友谊在夹镇人看来是很奇怪的，我常常在短裤里掖个蛐蛐罐往税务所的木楼里跑，税务员们见我短裤上鼓出一块，都想拉住我看我藏着什么东西，我没让他们看见。是尹成不让我把蛐蛐罐露出来，他喜欢与我斗蛐蛐玩，却不想让人知道，我知道那是我们之间的秘密，我也知道我与尹成的亲密关系就是由这些秘密支撑起来的。

我祖父常说夹镇人是势利鬼，他们整天与铁打交道，心眼却比茅草还乱还细，他们对政府阳奉阴违，白天做人，夜里做鬼，惟恐谁来占他们的便宜。从制铁厂厂主姚守山到小铁匠铺的人都一个熊样，他们满脸堆笑地把一布袋钱交到税务所，出了小楼就压低嗓音骂娘，他们见到尹成又鞠躬又哈腰的，嘴里尹所长大所长尹同志这样地叫着奉承着，背过身子就撇嘴冷笑。有一次我在税务所楼前撞见姚守山和他的账房先生，听见姚守山说，我以为来个什么厉害的新所长呢，原来是个毛孩子。鸡巴毛大概还没长全呢，他懂什么税，懂什么钱的交道！哪天老曹他们起了反心，把钱全部弄光了他也不知道！账房先生说，别看他年轻，对商会的人凶着呢。姚守山冷笑了一声说，凶顶个屁用？解放区的天是晴朗的天，他再凶也不敢在夹镇掏枪打人。

我转身上楼就把姚守山的话学给尹成听，尹成坐在桌前擦那把军号，起初他显得不很在意，他还说，小孩子家别学着妇女的样嚼舌头，背后怎么说我都行，我反正听不到。但我知道他是假装不在意，因为我发现他的眉毛一挑一挑的，他突然把桌上什么东西狠狠地摔在地上，然后用脚跟狠狠地踩着。我一看是一盒老刀牌香烟，我知道那是姚守山送来的，姚守山经常给干部们送老刀牌香烟。

这条资本家老狗！尹成吼了一声，从地上拾起那盒踩烂的香烟，塞到我手里说，给我送还给姚守山去，你告诉他让他等着瞧，看我怎么收拾他们这些反革命资本家！

我不去。我本能地推开那盒烂香烟,我说,我又不是你的勤务兵,我们还是斗蛐蛐玩嘛。

谁跟你斗蛐蛐?尹成涨红了脸,一把揪住我的耳朵,你以为我是小孩,整天跟你斗蛐蛐玩?操你娘的,你也敢小看我?你们夹镇人老老少少没一个好东西。

我的耳朵被他揪得快裂开了,我想好汉不吃眼前亏,我不应该跟他犟的,于是我一边掰尹成的手一边叫喊着,我没说你是小孩,你是大人。大人不能欺负小孩。

尹成松开了我的耳朵,但他还是伸出一只手抓着我,瞪着我说,别跟我耍贫嘴。这盒烟你到底送不送去?

我赶紧点点头,抓过那盒烟就往外跑。但你知道我也不是那么好惹的,跑出木楼我就冲着楼上大喊了一句,尹成,你算什么好汉,你是个毛孩子,你鸡巴毛还没长全呢!

没等尹成应声我就跑了,我觉得我跟尹成的友谊可能就此完蛋了。这要怪姚守山那条老狗,也要怪我自己多嘴多舌,但说到底还要怪尹成,他是个干部,怎么可以跟孩子一样,耳朵盛不住一句话、心里压不住一件事?夹镇的干部多的是,他们都有个干部的样子,而尹成他怎么威风也不像个干部,我突然觉得夹镇人没有说错,尹成是个愣头青,尹成是个毛孩子,尹成他,就是个孩子!

我怀着对尹成的满腔怨恨一口气跑到制铁厂,看门的老王头把我堵在门口,他说,你慌慌张张地跑什么?厂里不准小孩来玩。我就把那盒烂烟啪地拍在老王头手上,凶恶地大喊道,尹成派我来的,告诉姚守山,让姚守山小心他的狗命!

老王头张大了嘴巴瞪着我,你胡说些什么呢,到底是谁要谁的命?

尹成要姚守山的狗命,尹成要枪毙姚守山!我这么大声喊了一嗓子就往家跑了,反正我已经完成了尹成的任务,我懒得再管他们的事了。

就在那天夜里。邱财跑到我家来眉飞色舞地透露了一件关于尹成的新闻,说姚守山纠集了夹镇的一批商人去镇政府告尹成的状,镇长把尹成找去狠狠地训了一顿。尹成那小子真是个愣头青呀,镇长训他他也嘴硬,镇长一生气就把他的枪收掉啦!邱财眨巴着眼睛,突然嘻嘻笑起来,他说,我看着那小子从镇政府出来,还踢鸡撒气呢,也怪了,那小子腰上挂个驳壳枪还像个小干部,如今腰上没了驳壳枪,怎么看都是个半大小子呀。

我祖父说,他本来就是个孩子,他还不知道到夹镇工作有多难呢,十八九岁的孩子,怎么斗得过夹镇的这些人渣?

棉布商的女儿粉丽端着一匾红枣出来了,粉丽端着红枣在门口走来走去的,阳光洒满了空地,可她就是拿不定主意把匾放在哪里。我看见她乜斜的眼神就知道她的心思,粉丽比她爹邱财还要小气抠门,她就是害怕谁来偷吃她家的红枣。

我把红枣晒这儿了,你可不准偷吃。粉丽说,偷吃别人家的红枣会拉不出屎的。

你才拉不出屎呢,我说,你们家的红枣送我我也不吃。

逗你玩呢，你生什么气呀？粉丽伸手在匾里划拉着红枣说，怎么不见你去找尹成玩了，他不理你啦？

他不理我？我哼了一声，转过脸说，是我不理他！

尹成到底有多大？还不满二十吧，怪不得会跟你玩呢，粉丽说，不过也难说，有的人天生长得孩子气，没准他还比我大一两岁呢，你该知道的，尹成有二十了吧？

我不知道，你自己去问他！我说。

我怎么去问他，他多大关我什么事？粉丽朝我翻了个白眼，两只手挥着驱赶空中的苍蝇，她腕子上的一对手镯就叮当叮当地响起来，我爹请他来家喝酒呢，粉丽突然说，请了好几次了，你说他肯不肯来？

他才不会来喝你家酒，干部不喝群众的酒。我说。

哎哟，你是他肚子里的蛔虫呀？粉丽咯咯地笑起来，说，你怎么知道他不肯来，万一他来了呢？

我就是不愿意和粉丽说话，有一搭没一搭的让人讨厌。杂货店的妇女们都说邱财不想让粉丽在家吃闲饭，急着要把女儿再嫁出去，我看粉丽自己也急着想嫁人，要不她为什么天天涂脂抹粉穿得花枝招展的？我突然怀疑粉丽是不是想嫁给尹成，她要真那么想就瞎了眼了，尹成是个革命干部，怎么会娶一个讨厌的小寡妇？再说尹成从来不正眼看一下姑娘媳妇，我觉得他跟我一样懒得搭理她们。

我没想到尹成那天傍晚会来敲我家的窗子，我以为他不会再理睬我了，因为我祖父觉得尹成的麻烦一半是我惹出来的，我的嘴太快,我惟恐天下不乱,祖父为此还用刷子刷过我的嘴。尹成在外面敲窗子,我祖父就很紧张,他以为尹成是来找我算账的,他对着窗外说,我孙子给尹同志惹了麻烦,我已经教训过他了,他以后再也不敢啦。但尹成还在外面敲窗子,他说,他还是个孩子嘛,能给我惹什么麻烦?我要去喝酒,想让他陪陪我。

我走到外面,耳朵又被尹成拉了一下,他说,你敢躲着我?躲着我也不行,你就得当我的勤务兵。我注意到他的皮带上空荡荡的,我说,镇长真的收了你的枪?尹成拍了拍他的髋部原先挂枪的位置,他敢收我的枪?是我自己交出去的,他们怕我在夹镇杀人嘛。尹成做了个掏枪瞄准的姿势,他用手指瞄准着制铁厂的烟囱,然后我听见尹成骂了句脏话,他说,操他娘的,没了枪人还是不对劲,走起路来飘飘悠悠的,睡觉睡得也不踏实。尹成说到这儿噎了一下,突然把手在空中那么一劈,说,去喝酒喝酒,喝醉了酒心里才舒坦!

尹成领着我朝昌记饭庄走,走到那里才发现饭庄关了门。隔壁铁匠铺里的人说饭庄老板夫妇到乡下奔丧去了。尹成站在那儿看铁匠们打铁,看了一会儿说,不行,今天真是想喝酒,不喝不行。然后他突然问我邱财家住哪里,我一下就猜到尹成想去邱财家喝酒,不知为什么我惊叫起来,不行,你不能去他家喝酒!尹成说,怎么不能去?我还怕他在酒里下毒吗?我又说,你是干部,不能喝群众的酒!尹成这时候朗朗地笑起来,他是什么群众?尹成说,他是不法商人。家里的钱都是剥削来

灼热的天空

的，他的酒不喝白不喝！

我几乎是被尹成胁迫着来到了邱家门前，站在邱家的台阶上我还建议尹成到我家去喝酒，我记得祖父的床底下有一坛陈酿白酒的，但尹成不听，他偏偏要去邱家喝酒。我觉得他简直是犯迷糊了。你爷爷是群众，不喝群众的酒，尹成说，我就要喝不法商人的酒！

出来开门的是棉布商的女儿粉丽，粉丽把门开了一半，那张白脸在门缝里闪着一条狭长的光，我听见她哎呀叫了一声，然后就不见了，只听见木屐的一串杂沓的声音。然后邱财举着油灯把我们迎了进去，邱财的脸在油灯下笑成了一朵花，他抓着尹成的手说，尹所长呀，盼星星盼月亮，我总算把你盼来啦。

邱财家就是富，我们刚刚在桌边坐下，一碗猪头肉就端上来了，花生米、煎鸡蛋和白面馒头也端上来了。端馒头的是粉丽，粉丽把一屉热馒头放到桌上，嘟着红红的嘴吹手指，一边吹手指一边还扭着腰肢，她斜睨着尹成说，刚出锅的馒头，烫死我了。

我看着尹成，尹成看着邱财，邱财正撅着屁股从香案下取酒，邱财说，粉丽，你愣在那儿干什么？赶紧招呼客人呀。

粉丽又扭了扭腰肢，突然就往尹成身边一坐。粉丽坐下来时还莫名其妙地白了我一眼。

我说，你别朝我翻白眼，我又不要吃你家的饭，是他让我陪着的。

尹所长胆子这么小呀？粉丽给尹成摆好了筷子和碗，抿着嘴扑哧一笑，说，到我家吃个饭还要人陪着，怕谁吃了你呀？

我发现从粉丽坐下来那一刻起尹成就很不自在，尹成的脖子转来转去的，眼睛好像不知往哪儿看，后来他就看着我笑。但我知道尹成很不自在，我看见他脸红了，额头上冒出豆大的汗珠，我看见他的身板僵直地挺在凳子上，邱财终于把一坛酒抱到桌上，也就在这时尹成突然站起来说，你家这凳子怎么扎人呢？尹成拍了拍凳子就往我身边挤过来，他说，我还是坐这儿，坐这儿舒坦些。

粉丽把脑袋凑到那张凳子前，说，凳子上没钉，怎么会扎人呢？但邱财朝他女儿瞪了一眼，没钉子怎么会扎人？邱财说，尹所长说有钉子就是有钉子，他坐那边不也挺好吗？

后来就开始喝酒了。

起初只有邱财没话找话，尹成对他爱理不理的，我看着尹成一口口地喝酒，一碗酒很快见底了，粉丽就很巴结地又倒上一碗。粉丽的眼神像笤帚一样在尹成身上扫来扫去的，但尹成就是不看她，尹成不看她她还干坐在那里，我觉得粉丽有点儿贱，也有点可怜巴巴的。

邱财说，尹所长我不是在你面前充好人，那次姚守山带着商会一帮人去告你的状，我就是没去呀，我还想拦着他们，可惜没拦住，姚守山那人你知道的，夹镇地方一霸，张开一只手就遮住半边天呢。

尹成说，他遮什么天？称什么霸？哪天露出了狐狸尾巴，

灼热的天空　　151

一枪让他去见阎王爷。

邱财说，尹所长你不知道呀，好多人在背后说你坏话，就连你们税务所的老曹也在反对你，他说你嘴上没毛办事不牢，说你连算盘都不会打还来当税务所长，还有小张，他也在背后讥笑你，他们对你就是不服气呀。

尹成说，谁都对我不服气，都在暗里给我使绊子呢，用不着你来挑唆，我全知道，邱财你也不是什么好东西，你请我喝酒安的什么心？以为我不知道？你想拉拢腐蚀我呢，可我就是不怕，我在前线打仗死了两次都活过来了，我还怕你们这些不法商人？我怕个球！

邱财说，尹所长这话说哪儿去了？我邱财可没想拉拢腐蚀你，我邱财拥护革命在夹镇也有了名，怎么能说是不法商人呢？我邱财做的是小本生意，可哪次交税我不争个第一呀？

尹成说，你们都是两面派，明里一套，暗地一套，我又不是傻瓜，我还不知道你们这些不法商人的心思？我什么都知道！

邱财的笑脸渐渐地撑不住了，他的筷子也被尹成碰到了地上，我俯下身去看邱财捡筷子，看见的是一张阴沉的几近狰狞的脸。桌子底下的那张脸使我倒吸了一口凉气，我突然想到什么，于是凑到尹成耳边说了一句悄悄话，我说，你要小心，他们想把你灌醉了暗害你。但是尹成听了却哈哈大笑起来，尹成豪迈地笑着说，谁敢暗害我？借他十个胆子也不敢！

我知道尹成喝得半醉了，我看着他的脸一点点地变成鸡冠色，听着他的嗓门越来越大，突然觉得这事不公平，我不喝酒，又不吃邱财的菜，凭什么陪着尹成呢？再说我也困了，我的眼皮渐渐往下沉了，有几次我从凳子上站起来，都被尹成扯住了。尹成说，不准走，你得陪着我，等会儿说不定要你扶我回去呢。邱财在旁边赔着笑脸说，小孩子家入夜就困，你还是让他去睡吧，你要喝醉了我扶你回去。尹成对邱财说，我跟我的勤务兵说话，没你的事，谁要你扶我回去，你以为我不知道你安的什么心？

我不知道尹成为什么非要让我陪着他，他还抓了一把花生米硬往我嘴里塞，他说，不准睡，不准当逃兵，等我喝够了心里就舒坦了，等我心里舒坦了我们就走。尹成说着还跟我勾了勾手指。勾了手指我就不能走了。我本来是想遵守诺言陪他到底的，但我突然想撒尿了，尹成这次放开了我，他说，撒完尿就回来，回来扶我走，我也喝得差不多啦。

我在外面的月光地里撒了一泡尿，事情就发生了变化。我撒尿的时候还想着去陪尹成，但不知怎么搞的，最后我撞开了我家的门，爬到了我的凉席上，碰到凉席我大概就睡着了。我想那天夜里我是太困了，把尹成的事情忘了个一干二净。

我也不知道那天夜里邱财家还发生了什么事情。那大概是整个夏季最凉爽的一夜了，我一觉睡到天亮。天亮时隔壁棉布商家里又响起了粉丽呜呜的啼哭声，我祖父把我弄醒了，他问我昨天夜里我们在邱财家干了些什么，我睡眼惺忪地说，没干什么，他们喝酒呢。祖父谛听着隔壁的动静说，没干什么会闹成这样？隔壁大概出了什么事了。我突然想到了什么，差点惊出一身冷汗，邱财把尹成暗害了！我这么喊了一句就往门外跑，我先去撞邱财家的门，但邱财硬是把我推了出来。我就又朝税务所那边飞奔而去。隔着很远我听见从木楼中传出一阵嘹亮的军号声，是军营中常常听见的早号，我一下就放心了。我觉得尹成在那天早晨的吹号声惊天动地，似乎在诉说一件什么事情，但我确实不知道那是一件什么事情。

事情过后的那天早晨我去了税务所小楼。

我走到楼前正碰上税务员小张蹲在外面刷牙，他从地上拿起眼镜来认真地看我，说，又是你，大清早地跑来干什么？我说，我又不找你，我找尹成。小张嗤地一笑，站起来挡着我的去路，他昨天夜里跑哪儿去了？小张指了指楼上，眼睛在镜片后闪闪烁烁地盯着我，你肯定知道他去哪儿，去喝酒了吧？我因为讨厌小张，就甩开他的手说，我不知道！

我一抬眼恰好看见尹成手执军号站在天台上，他对我的回答露出了赞许的微笑，我知道这次我立功赎罪了。然后我就听见尹成对着天空吹了一串冲锋号，收起军号对我喊道，今天逢集，我们赶集去！

尹成如此轻易地原谅我昨天夜里的背信弃义，我真的没想到，但我才懒得想那么多，他带我去集市我就去，他给我买什么我就拿。在嘈杂拥挤的夹镇集市上，尹成显得心事重重的，他会突然把我的脑袋转向他，好像要对我说什么，但每次都是欲言又止，还是我先忍不住了，我说，有话快说，有屁快放嘛。

尹成为我买了几只桃子就把我按在一堆破竹筐上，对我说出了他想说的话。

我真不知道该不该跟你说这些，尹成搓着他的一双大手看着我，他说，你还小，你还是个孩子，说这些也不知道你明不明白？

我明白，你明白的事我就明白。

我昨天喝醉了，尹成说，我长这么大就喝过两次酒，一次是在凤城下河捞枪，那儿有个土豪在河里藏了几十条枪，连长拿了坛酒让我们喝了下水，说是酒能抗冻，我喝了几口下冰水，捞了八条枪上来，还真是一点不冷。

你又说捞枪的事，说过好多回了。还有你爬水塔摸哨兵的事，也说过三回啦！

好，不说那些事。尹成瞪了我一眼，咽下一口唾沫，继续搓着他的手说，我昨天喝醉了。人一喝醉了就把什么都忘了，我不知道是怎么回事，我把我的裤衩弄丢了！

我忍不住咯咯大笑起来，但我的嘴很快就被尹成捂住了，尹成的表情看上去有点儿窘迫也有点愠怒，他说，不准笑，严肃起来，我正要问你，你有没有看见我的裤衩？

我没看见，我又不是你媳妇，谁管你的裤衩呀？我推开了尹成的手，开始揉除桃子上的毛霜。

肯定是让邱财那狗日的拿走了。尹成的嘴呼呼地往外吐

灼热的天空　155

气,一股残余的酒味直扑到我的脸上。肯定是在邱财家里,尹成按着我的肩膀说,我派给你一个任务,你到邱财家里把我的裤衩偷出来,你要是完成了任务我给你记一个三等功。

我可不做小偷,我咬了一口桃子说,到别人家偷东西我爷爷会打死我的。

那不叫偷东西,那是革命工作呀!尹成说。

那你自己为什么不去?是你的裤衩,你去要回来不就行了吗?我说,邱财家那么有钱,才不希罕你的臭裤衩呢。

笨蛋,跟你这个笨蛋说什么好呢?尹成推了我一下,蹲在地上抓耳挠腮的,过了一会儿他说,这件事情很复杂,跟你说了你也不会明白的,你还是个孩子嘛。我告诉你,我犯下错误啦。

丢裤衩就算错误啦?我说。

我明明知道邱财那狗日的不是好人,我知道他会给我下圈套,可我还是喝了他的酒。尹成抱着脑袋,目光直直地瞪着地上的几片鸡毛,他说,我喝糊涂啦,我肯定犯下错误啦,操他娘的,我钻了邱财的圈套啦。

丢裤衩就钻圈套啦?我说。

尹成失去了与我说话的耐心,他的脑袋焦躁地转来转去,他的眼睛中有一种愤怒的烈焰渐渐燃烧起来,然后他一扬手拍掉了我手里的桃子,吃,吃,你就知道吃桃子,不准吃了!尹成突然把我从竹筐上拉起来说,走,我们去邱财家,我就不信他敢跟我耍什么花招?

我来不及拾起那半只桃子，就被尹成推到了赶集的人群中，我被尹成推着在密密匝匝的人群中走，有人以为我是尹成抓到的什么俘虏，他们挤过来，嘴里喷喷有声地打量我的脸，他们说，尹所长，这孩子犯什么事了？这真让我恼火，我就扯着嗓子叫起来，不是我，是邱财，是邱财偷了——我还没说完嘴巴又被尹成堵住了，那只手冰凉冰凉的，手心上浸着咸涩的汗，尹成已经恼羞成怒，他凑到我耳边恶狠狠地说，你再敢乱喊乱叫的，我宰了你！

走到集市的尽头了，我觉得尹成抓着我的那只大手突然松开了。尹成回过头看着一个打花布阳伞的女人，他的眼睛瞪得大如牛铃，两道浓眉在前额中央打了个死结，我觉得他的模样就像是撞见了一个鬼魂。

打着花布阳伞的女人不是一个鬼魂，不是别人，正是棉布商邱财的女儿粉丽。我看见粉丽的脸抹着一层厚厚的粉霜，嘴唇搽得又红又亮，因此粉丽看上去还真的有点像戏台上的女鬼，粉丽站在离我们十几步远的地方，她在朝我们这里看，准确地说她是在看尹成，我觉得她看尹成的目光也有点像戏台上的女鬼，眼睛不像眼睛，像嘴巴那样张大了要把尹成吃到肚子里去。然后我听见粉丽喊了一声，尹、同、志、呀，听上去就像女鬼的台词了，凄凄惨惨的似哭非哭的，我觉得粉丽的样子实在可笑，我忍不住地咯咯大笑起来。

我一笑尹成就跳了起来，尹成慌慌张张地一下从地上跳了

灼热的天空　　157

起来，我完全没有料到他会如此害怕粉丽，就好像粉丽真的成了一个女鬼。我完全没有料到尹成看见粉丽会逃之夭夭，尹成撇下我就跑，起初他只是大步地走，但走了没几步他就跑起来了，就好像身后有个索命的女鬼。

后来就出现了夹镇人津津乐道的那个场面：在集市通往夹镇的大路上，我在追赶尹成，而粉丽在后面追赶我们——主要是粉丽追我们显得不成体统，她穿着旗袍打着花布阳伞在路上跑，她紧咬着嘴唇，一手提着旗袍的角边在路上跑，跑得还挺快的，我没追上尹成，她却快把我追上了，我又气又恼，干脆就站住了。

你是个女鬼呀，大白天的在路上追男人，也不嫌害臊。我对粉丽嚷道。

粉丽手中的阳伞掉倒了地上，这下她终于站住了，她捂着胸口喘气，喘了一会儿她拾起那把伞，把伞尖捅着我说，好狗不挡道，你别挡着我呀！

我偏要挡你的道，谁让你大白天的在路上追男人呢？我张开双臂站在路上挡着粉丽，我说，你得告诉我为什么追尹成，我才放你过去。

粉丽又用伞尖捅了捅我，她的目光仍然追着尹成的去影，你别管我们的事，粉丽说，你什么都不懂，你不懂我们的事！

你们会有什么事？你们到底有什么事？我说，你告诉我我就放你过去。

粉丽不搭理我了，她踮起脚尖朝远处望，尹成的身影已经消失在制铁厂的围墙后面,她还踮着脚尖傻乎乎地朝那边张望。我看见粉丽的嘴起初是噘着的,渐渐地就咧开了,然后她的喉咙里滚出一种类似打嗝的声音,我知道她快哭了。我正在纳闷她为什么又要哭呢,粉丽已经呜呜地哭开了,她一哭就会把身子扭来扭去的,还像死了亲人似的跺脚,这些我都不管,我就是想弄清楚她为什么要哭,但无论我怎么追问,她就是不搭理我,她就会用伞尖捅我。我后来就丢下她去找尹成了,我想尹成肯定知道她为什么这样出丑的。

那天的事情把我忙坏了,我在夹镇的街道与税务所小楼之间来回奔跑,总想解决个什么问题。我再次跑到税务所去,恰好看见尹成提着背包从台阶上下来,那只军号被他拴在裤腰上,人一跑军号就摇摆起来,当当地撞击着木栏杆,尹成明明看见我了,但他也不理我,手一挥撩开了办公室的门帘,然后我就听见了税务员老曹和小张七嘴八舌的嚷嚷声。

你这是要去哪儿?老曹说。

去前线,我回尖刀营打仗去。尹成说。

什么时候接到的命令?小张说。

我不管什么命令不命令的,这鬼地方快把我害死了,我还是去打仗,死在战场上比现在痛快多啦。尹成说。

你开什么玩笑?干革命又不是买小猪,还能挑肥拣瘦的?还能由着你性子胡来?老曹说。

你给我闭嘴,老曹你算个什么东西?一身人皮光溜溜的,你有几块光荣疤?你就敢来教训我?尹成又雷吼起来,别跟我翻眼珠子，把你的手伸出来接着钥匙，给我好好守住钱箱，少一个铜板我回来拿你脑袋。

税务所的钥匙又不是你家仓房钥匙，想给谁就给谁啦？你给我我还不接呢。老曹在里面嘭嘭地敲着桌子。他说，尹成同志我劝你一句，你这样自由主义——很危险呢。

老曹你这个四眼狗！我最瞧不上的就是你这号人，上了战场就尿裤子，到地方反倒成了人啦，你们这号人，我操你们八辈子祖宗，一个敌人也没撂到，就会暗里给自己同志使绊子，尹成的声音因为暴怒而气冲屋顶，有一刹那我觉得那幢木楼的屋顶快被他震塌了，我走到窗户前看见尹成一把揪住了老曹的衣领，一下一下地搡着老曹，老曹你这个四眼狗！你算什么同志？你也是一个敌人！小张你这条小油虫，你也不是我的同志，我在夹镇没有同志！尹成的喉咙像被什么堵住了，他仰起脸吐出一口气，一边用手指在眼角上狠狠地擦了一下，我看见了尹成眼睛里的一点湿润的泪光，虽然只是一滴泪光，又被他擦去了，我还是担心尹成会像上次那样哭出来，要是在老曹小张面前哭出来，那尹成的脸就丢尽了。所幸尹成毕竟是尹成，他很快就清了清喉咙，满面鄙夷之色把老曹推到了墙角，他说，谁要你们这种人做我的同志？你们瞧不上我，我更瞧不上你们，我回尖刀营找我的同志去！

尹成走出税务所时举起军号对着阳光照了一下，我看见一道灿烂的金光在空中掠过，我喊起来，快吹呀，吹一段冲锋号，尹成你不是要去打仗吗？但尹成只是把军号对着他说，我不吹，让太阳吹。我说，太阳怎么吹军号，太阳又没有嘴！尹成说，太阳会吹军号，你听着吧。我看见尹成向着太阳旋转他的军号，渐渐地军号发出一种神奇的嘤鸣声，这个瞬间我目睹耳闻了一个传奇，太阳吹响了军号！尹成让太阳吹响了军号！你想想还有什么事能比这种奇迹令我折服呢，就在这个瞬间我决定要追随尹成，跟他去当兵。

我说过那一天里我已经多次来往于通向税务所的小路，但最后一次心情大不一样，我是昂首挺胸地跟在尹成身后走，因为我决定要去当兵了，想当兵就得像尹成那样，昂首挺胸地走。因为我要去当兵了，我再也不怕李麻子家的狗，那条恶狗蹲在路边朝我汪汪地叫，我飞起一脚，那畜生就吓跑了。李麻子正在地里采药草，他弯起腰咒骂我，我对他也不客气，拾起一块泥巴朝他扔去，李麻子还真给我弄傻了。我正在路上耍威风呢，忽然就听见尹成在前面说，别跟着我，跟着我也没用，我送你到你爷爷那儿去！走了几步，尹成又说，夹镇的人有吃有穿，有吃有穿的人就贪生怕死，贪生怕死的人怎么能当兵？你也一样，你也是个贪生怕死的大熊包。

我被尹成的蔑视激怒了，我猜他还在为偷裤衩的事耿耿于怀，为了证明我的勇敢，我大叫起来，你别小瞧人，我现在就去邱财家把你的裤衩偷出来，偷出来你就带我走，不准反悔，谁反悔谁就是小狗。

我没想到尹成一把拽住了我，你胡说什么？尹成涨红了脸，凶狠地逼视着我，谁让你去邱财家偷裤衩了？我的裤衩穿在身上呢，你再胡说八道的看我揍扁你！

我一下子被尹成弄糊涂了，难道他已经忘了早晨的事吗？我真弄不明白，为什么尹成老是这样说翻脸就翻脸，这种人你怎么跟他交朋友呢？你能想象到我一下子就像霜打的茄子蔫了，我又怨又恨地跟在尹成身后走，突然看见路边那棵老柳树，突然就想起了尹成的那支驳壳枪，那支驳壳枪让镇长没收了，到现在还没有还给他呢。我想起这事便幸灾乐祸地笑了，我一笑尹成就回过头来，于是我对他说，你还去前线打仗呢，枪都让镇长没收了，没有枪你去打什么仗？

尹成这人的耳朵根子就是浅，我这么一说他就站定在路上了，他的手在裤腰上徒劳地摸索了一圈，当然只摸到那把军号。只有军号没有枪了，这件事尹成应该习惯了，但他还是把手伸到那儿摸了一圈。我说，你怎么不敢去向镇长要还你的枪？没有枪你去打什么仗呀？尹成的手按着右胯部，紧紧地按着不放，我看见他的脸上又泛出了生铁的颜色，我怀着怨气继续讽刺尹成，我说，腰上拴把军号算什么？军号又不能当枪使，你怎么不去要还你的枪？你肯定要不回你的枪，谁让你老犯错误？尹成的耳朵根子就是这么浅，我这么一说他就解下军号把它塞进了被包里，但与此同时我听见了他咯咯咬牙的声音，我知道这是一个危险的信号，但我还没来得及躲闪，人已经被尹成一脚踢进了路边的玉米地。

就这么鬼使神差的，我与尹成又闹翻了，我刚才还准备跟着尹成去当兵呢，没一会儿就又和他闹翻了，我躺在玉米地悻悻地想，尹成这样的人，被邱财偷去裤衩也是活该！

我祖父那天正在镇政府门口与人下棋，他看见尹成背着行李闯进了镇政府，满头大汗的，好像浑身冒着火，尹成进去了没多久，我祖父就听见尹成和镇长吵起来了。

镇长说，这会儿你还要去打仗？好像中国革命离不开你似的，告诉你吧，解放军早就打过了长江，南京早解放了，前一阵上海也解放了，马上都要解放大西南了，还用得着你尹成去打仗？

尹成说，我不管那么多，只要去前线就行，只要能打仗就行，大西南不是还没解放吗？我就去大西南！

镇长说，隔了几千里路，你怎么去？插上翅膀飞着去？尹成，我知道你的毛病，个人英雄主义害死了你，群众对你很有意见哪，说你动不动就撩开衣服，给人展览你的光荣疤。

尹成说，放他们的狗屁，是他们要看我才撩衣服给他们看的。我可不管那么多，你把我的枪还给我，我要找部队去。

镇长说，我猜到你是来要枪的，本来枪是该还你了，可是你的思想问题越来越严重，错误越犯越严重，把枪还给你会害了你，你死了这条心吧，枪不能还你。

尹成说，你得把枪还给我，那是我的枪，你给我枪我就走，你别让我磨嘴皮子了，我不会磨嘴皮子！

镇长说，那好吧，我们不磨嘴皮子，我给你一个命令，你听着，现在你向后转，正步走，一直走到门口去！

我祖父这时看见尹成以标准的军人步伐向后转，然后正步走，走到镇政府门口他站住了，他等着镇长的下一步命令，等了一会儿没有动静，他就侧转脸张大了嘴瞪着镇长。镇长抽空到院子一角撒了泡尿，镇长说，还是正步走，目标夹镇税务所，给我回去好好工作！

就是这时候我祖父听见了尹成的一声怒吼，尹成像一头豹子一样扑到镇长的身上，他的嘴里吐出一串脏话，而他的手疯狂地抢夺着镇长腰下的那把枪。我祖父亲眼目睹了尹成和镇长的搏斗，他看见尹成用一只手卡住镇长的脖子，把镇长死死地顶在墙上，而镇长的双手只是全力以赴地捂住他的枪，尹成就用另一只手掰开镇长的手，祖父说要不是秘书小红领着一群民兵赶来，真不知道会闹出什么事来。祖父说那一刻他觉得尹成是疯了，只有疯了的人才会做出这种不计后果的事。

后来镇长就叫民兵们把尹成捆绑起来了。尹成被捆绑起来后还在辱骂镇长，镇长就在他嘴里塞了一块汗巾。即使这样尹成还在用脑袋撞人，镇长就说，把他关起来！关他几天禁闭，什么时候认识错误什么时候放他出来！后来我祖父看见四个民兵像抬铁砧一样把尹成抬进了镇政府的厢房。

我难以描述听到这个消息后的心情，开始时我说，他活该，谁让他这么蛮？后来我就不吱声了，因为祖父目光炯炯地盯着我，似乎在寻找我与这件事情的瓜葛。我被祖父盯得有点心虚，就说，我没让他去跟镇长要枪，是他自己要去的！祖父沉默了一会儿又问我，你们昨天夜里在邱财家干了什么啦？我说，我什么都没干，尹成也没干什么，他光是喝酒，他说他的裤衩被邱财偷走了。祖父想笑又没笑出来，他叹了口气说，尹成还是个孩子，我说他也不会干那丑事，可他要让邱家缠上了，什么都说不清楚，怪不得他心急火燎地要走呢。

我仍然不知道祖父所说的丑事指什么，我只是觉得所有的夹镇人都在自以为是地谈论尹成，包括我祖父。你说的都是什么呀？我这么为尹成辩驳了一句就去给我的蛐蛐喂豆子去了。喂蛐蛐的时候我突然想起尹成的那只蛐蛐，那只蛐蛐黑牙粗脚勇猛善战，那只蛐蛐本来是我的，他要离开夹镇怎么不把它还给我呢？他总不能带着它上前线打仗呀。

坦率地说我去镇政府见尹成就是为了那只蛐蛐。民兵小秃站在厢房门外看管尹成，他不让我靠近厢房的窗子。我就远远地喊了一声，尹成，我的蛐蛐呢？我看见尹成从黑暗处一蹦一跳地来到窗前，就像我祖父所说的那样，尹成被捆起来了，只是他嘴里的汗巾已经没有了。我看着他这种狼狈的样子，忍不住地想笑，但尹成投射过来的目光是那么奇怪，我说不出那是悲伤还是倔强。我第一次发现尹成有着一双女孩似的水汪汪的眼睛。我以为尹成会骂我，但他却只是朝我挤了挤眼睛，他说，蛐蛐在我衬衣口袋里呢，你来摸一下，看看它是不是还活着？

我往窗边跑，被小秃捉住了。小秃说，他在关禁闭，不准跟他说话！我正在犹豫呢，尹成在窗里喊起来，别怕他，你这么胆小，怎么去前线打仗？我被尹成这么一喊凭空多了一个胆子，硬是从小秃的腋下挤到窗前。我的手迫不及待地在尹成的口袋上按了一下，尹成又叫起来，你他妈的轻点呀，小心把它压死，口袋用别针缝着呢。我解开尹成口袋上的别针，伸手一摸就摸到了蛐蛐冰冷的尸体，于是我失声尖叫起来，死啦，死啦，你把它弄死了！

我从尹成脸上看到了相似的如丧考妣的表情，不是我弄死的！尹成愣了一下，随后朝里面蹦了一步，他用一种负疚的目光看着我说，肯定是刚才打架的时候让他们挤死的，不能怨我，你他妈的怎么怨我呢？

不怨你怨谁？这蛐蛐我是借给你养的，弄死了你就得赔我一只，赔我一只大黑牙！

赔就赔，你个小气鬼。尹成说，等我出去了就给你抓一盆蛐蛐来，抓个蛐蛐还不容易？

你不是说干部抓蛐蛐会让人笑话吗？

去他妈的干部，谁希罕？尹成恶狠狠地骂了一声，他跳到厢房角落里，挨着墙慢慢坐下，沉默了一会儿，尹成突然嗤地一笑说，我哪儿是当干部的人？这回好了，这回我想当干部也当不成了，镇长说我的错误是反党，他诬赖我反党呢！

看守尹成的小秃这时候咳嗽了一声，他走过来不容分说地把我拉开，他不敢对尹成怎么样就拿我撒气。他说，你再赖这儿我就把你也捆起来，让你们哥俩一起关禁闭！

我被小秃推出政府的门洞时差点撞到一个人，是粉丽提着一只篮子，像一个贼似的左顾右盼的，猫着腰往里面走。我的手碰到了她的篮子，一只雪白的馒头就从篮子里飞到了地上，粉丽哎哟叫了声，手上忙着拾馒头，嘴一张就骂开了，你们两个要上法场呀，眼睛长在后脑勺上啦，馒头都掉在地上还让人怎么吃？

掉在地上怎么就不能吃？小秃涎着脸哂笑道，我吃呀。

谁给你吃？粉丽说，你这号人就配吃牛粪。

你这是给谁送馒头呀？小秃说，还没拜堂成亲呢，就学上王宝钏探寒窑来啦？

你管不着，粉丽噘起嘴吹了吹那只馒头，放回篮子里，她对小秃扭了扭腰说，我跟尹成是同志关系，你们再说三道四的，看我不撕烂你们的嘴！别把你那杆烂棍横在我面前，让我进去！

谁也不让进。小秃仍然用长矛挡住粉丽，他说，镇长说了，尹同志犯了大错误，尹同志在关禁闭，谁也不让进！

我偏偏就要进！粉丽推搡着小秃，一挥手把长矛打掉了，好你个小秃子，当了民兵自以为是个人了？那次赶集谁趁乱捏我屁股了？是哪个畜生捏我的？你再堵着我，我就告你个调戏妇女罪！

粉丽一闹小秃就软了，小秃给粉丽让出一条路，说，让你进去也没用，门锁着呢，人也给捆着呢，你就是提一篮燕窝馒头他也没法吃，还不如给我吃了呢。

你们捆着他？你们不给他吃饭？粉丽的又黑又细的眉毛拧成个八字，粉丽的眼睛不停地眨巴着，手指戳到了小秃的鼻梁上。你们吃了豹子胆啦？粉丽说，他是革命干部，他是战斗英雄呀，你们怎么敢这样对他？

我的姑奶奶呀，你别冲着我来了。小秃左右躲闪着粉丽的手指，他说，不关我的事，是镇长下的命令，镇长说尹成犯了大错误啦。

镇长算什么东西？他身上有几块光荣疤，他就敢把尹同志捆起来了？粉丽朝镇长的办公室狠狠地啐了一口，然后就环顾着镇政府的院子，捏细嗓子喊起来了，尹同志哎，你在哪里呀？我给你送馒头来啦！

是我把粉丽带到厢房的窗边的。粉丽这种女人也实在没意思，我好心给她带路，她还死死捂着篮子里的馒头，生怕我抢了她的馒头。她还嫌我在旁边碍事，想撵我走，可我就是不走，我倒想听听粉丽和尹成有什么悄悄话说。

粉丽拗不过我，就一边朝我翻白眼一边敲起厢房的窗子来，她说。尹同志呀，你饿坏了吧？我给你送馒头来啦。

尹成在里面一声不吭，我看见他坐在幽暗的角落里，好像是坐在他的黄背包上。

粉丽说，这可怎么办呢？篮子塞不进来，馒头是进嘴的，总不能一个个扔进来呀，这帮人，他们怎么就这样狠心呢？

尹成还是一声不吭，我以为他睡着了，我也朝他喊了一声，他不说话，但我听见什么东西撞在墙上，发出慌乱而清脆的撞击声。是那把军号，我看见那把军号在幽暗中闪着唯一的明亮的光芒。

粉丽又说，尹同志，你别生他们的气，忍着点，过两天他们就放你出来了，尹同志你是革命干部战斗英雄，他们敢把你怎么样？喊，他们才不敢把你怎么样呢。

我听见尹成在里面清了一下喉咙，我知道他遇到了难堪的事总要这样清喉咙的，过了一会儿我果然听见了尹成瓮声瓮气的说话声，尹成说，这是我们同志之间的矛盾，不要你管。你赶快带上馒头回去吧，我不想吃，我不吃你的馒头。

粉丽愣了一下，迁怒于我地送给我一个白眼，粉丽敲了敲窗子又说，尹同志呀，人是铁饭是钢，天大的事在身上也得吃饭，人不能不吃饭呀！

你别叫我同志，谁是你的同志？你们一家人死缠着我，没安什么好心！

尹成突然又发作了，他总是把人吓得一惊一乍的，我看见他从角落里站起来了，刚站起来又訇然坐下，我不知道他想干什么。我正在琢磨尹成是怎么回事呢，粉丽已经呜呜地哭开了。粉丽倚着窗捂着脸哭，一边哭一边还跺脚。她一哭我就觉得很滑稽，我趁机从篮子里抓了一只馒头扔进窗子，我说，尹成，馒头还热着呢，你不吃就是傻瓜。

粉丽一哭邱财就应声而来了。邱财满脸杀气地冲过来，手臂一挥就给了粉丽一记耳光，你哭什么哭？我还没死呢，你就在这里给我哭丧？邱财一手操起装馒头的篮子，一手推着粉丽，邱财说，还不给我回家？丢人丢到政府来了，拿了这么多馒头，这么多馒头给谁吃？我们家开面厂啦？我们家粮食吃不光啦？要你到这里来充好人。

也就在这时候小秃带着镇长和几个干部来了，粉丽看见他们哭声便戛然而止，她从旗袍襟上抽出一块丝帕捂着脸，猫着腰从那群人身边逃过去了。镇长沉着脸问邱财，你女儿怎么回事，跑到政府撒泼来了？她跟尹成是怎么回事？她跟尹成到底什么关系？邱财对镇长笑脸相迎，邱财说，他们没有什么关系吧？人家尹同志是革命干部，我家粉丽看得上他，他可看不上粉丽呀！要不粉丽给他送馒头，他也不会把她骂出来，门不当户不对的，能有什么？镇长你可别听外面的谣言呀。镇长走近邱财，抢过他手里的篮子检查那堆馒头，他还掰开一只馒头看里面有没有藏了什么，馒头里什么也没有，馒头只是馒头而已，镇长就撕了一片放进嘴里，小心地品尝着。邱财在一边叫起来说，镇长你这是在干什么呢，你还怕粉丽在馒头里下毒？这真冤枉死人了，她就是毒死了自己也不会给尹同志下毒呀。镇长对邱财冷笑了一声，说，你们腐蚀毒害革命干部的阴谋诡计多着呢，不一定要靠下毒嘛。

我看见邱财的脸被镇长说得红一阵白一阵的，他一边摇头嗤笑着一边往人群外面钻，有几个看热闹的铁匠伸手去抓篮子里的馒头，邱财就啪啪地打那些手，邱财指桑骂槐地说，这是毒馒头，这是毒馒头！谁敢吃就让他七窍流血，谁敢吃就让他进棺材！

今天夹镇热得快要烧起来了，天空中不见一丝云彩，没有云彩也就没有了风，只有滚烫的阳光大片大片地落下来，落在制铁厂的烟囱和煤山上，落在夹镇空寂的街道上，落在我们房屋屋顶的青瓦上。只要你仔细倾听，便可以听见太阳烤灼屋顶青瓦的声音，所有被烤灼的青瓦都在噼剥噼剥地呻吟或喘息。

我不知道夹镇为什么突然变得如此安静，细细听才发现是镇上的十几家铁匠铺停止了工作，不惧炎热的铁匠们放下了长锤，夹镇便彻底地安静了。这种安静令人陌生，因此我觉得夹镇变成了一座灼人的坟墓。

我正在家里大声朗读小学课本时，突然听见有人在敲窗。是隔壁的粉丽站在外面，她大概是刚洗过澡，湿漉漉的头发一直垂到腰际，看上去活像一个女鬼，粉丽一边梳她的头发，一边用木梳敲我家的窗板，她说，你还不快去？尹同志放出来啦，你怎么还不去呀？

我说，你没头没脑地嚷什么？你让我去哪儿？

粉丽说，去税务所呀，尹成回税务所了，我说镇长不敢把他怎么样的！撤了所长又怎样？他不还是个干部？咦，你还愣着干什么，还不快去？

我就是不爱听粉丽说尹成的事，主要是觉得她不配对尹成好，所以粉丽一说尹成的名字我就不耐烦，我说，我早知道这事了，还用得着你说？你自己想去就去呗，我们的事不用你来管。

哎哟，你倒神气起来了？粉丽在窗外格格一笑，她说，你们俩有个屁事？你以为你就是他的同志啦？告诉你吧，尹同志实在是太孤单了才找你玩的,你能顶什么事?你还什么都不懂呢。

粉丽尖牙利齿的时候我就更讨厌她,我跑到窗边,像赶苍蝇一样把她赶走了。我祖父在里屋的鼾声忽起忽落,他说,你跟谁说话呢?快读你的书。我捧起课本又大声读了几句,但课本上的字却视而不见了,耳朵里也隐隐约约地听见了军号的回响,不知为什么,我想起尹成就会听见军号的回响,听见军号的回响我便会往尹成身边跑。

正午时分我就要去找尹成的,但我祖父把门反锁上了。我去祖父的床边搜寻挂锁钥匙时,被他一把揪到了床上,他按着我的手说,躺这儿睡觉,这么热的天跑出去人会烤焦的!我只好躺着等祖父的鼾声再响起来,他睡觉时总是鼾声如雷,但讨厌的是只要我一动弹他就醒了,而且他睡得这么糊涂还知道我的心思,他说,今天不准去找尹成,以后也不准找他,那孩子脑筋缺根弦,放不下那杆枪,哪天他起了杀性,一枪把你崩了!我申辩道,他没有枪,镇长早把他的枪收啦!祖父说,没有枪还有手呢,他掐死个人更容易。祖父说完又呼噜噜地睡着了,人睡着了两只手却醒着,像铁钳夹住我的手,因此整个午后时分我只好躺在祖父的床上。我本来不想睡觉,但祖父的呼噜声震得我昏昏欲睡,后来我就做了那个奇怪的梦,我梦见尹成对着太阳摇晃那把军号,尹成站在玉米地里斜举着那把军号,一个劲地摇晃着军号,军号发出了一种低沉的呜咽声,那声音真的酷似人的呜咽,而且呜咽声越来越响越来越细碎,我对尹成喊,别让它哭,你别摇军号,你吹呀,尹成你吹呀,但梦中的尹成与我形同陌路,他只是回头漠然一瞥,他把军号举得更高,对着太阳摇晃着,然后我突然看见那只军号从尹成手中落下来了,它像一个金黄色的精灵铮铮有声地滚过玉米地,朝我这里滚过来,我想去接住军号,但我的手却怎么也伸不出去,你知道我是在做梦,而我的手是一直被祖父紧紧压住的。

那个奇怪的梦使我若有所失,我醒来的时候祖父正用布擦洗凉席上的汗渍,祖父说,你睡觉也不安稳,又打又踢的,看你出了多少汗?我坐在床上回想梦中的军号,我问祖父,军号怎么会哭?军号也会哭吗?我祖父想了想说,什么东西都会哭的,庄稼受旱受涝了会哭,牲口被主人打了会哭,军号怎么就不会哭?不打仗了,没人吹它了,它就哭了嘛。

按说我一醒就该去找尹成的,但我祖父偏偏要我跟他去菜园浇水,我觉得他是故意阻止我去见尹成,这方面祖父跟夹镇人一样势利,好像尹成犯了错误,英雄就变成了狗屎,别人就不该搭理他了。我们为菜园浇水的时候太阳一步步地下了山,我看见棉布商邱财从路上走过。这么热的天,太阳下了山,他还穿着长衫长裤,戴着白草帽,在路上东张西望地走。我祖父问他去哪儿,邱财说,去西关跟人谈点棉布生意。邱财一边说话一边对我们龇着牙笑,他喊着我的名字说,尹同志出来了,你怎么不找他玩哪?话说到一半他自己给自己打了岔。这么热的天,你就别去找人家了,还是陪你爷爷浇菜好。他说着话话又拐了弯,压低嗓门说,告诉你们呀,尹成犯了大错误,当不成税务所长了。

我不知道邱财那天为什么对我们撒谎，假如他告诉我们是去尹成那里，我正好借机跟着他去，假如他做事不是那么鬼鬼祟祟的，假如他肯带我一起离开菜园，那么后来的事情肯定就不会发生了。当然话也不能说得这么满，邱财讨厌我，我还讨厌他呢，就算他预见到后来的事，就算他要带我去税务所，我还不一定跟他去呢。

我是天黑以后才溜出家的，我溜出去时我祖父没察觉，隔壁的粉丽却突然从门后探出脑袋，对我说，你去哪儿？又去找尹同志呀？我没好气地瞪了她一眼，我去哪儿关你屁事？我怕粉丽去向我祖父告密，因此我撒腿就跑，从西北方向传来的军号声使我越跑越快，到了大柳树下我才停下来喘了一口气。让我纳闷的是当我停下奔跑的脚步，一直在我耳朵里萦回的军号声也悄然地消失了。当我停下脚步，我才发现那阵军号声是虚幻的，它仅仅来自我对那把军号的渴念。

税务所小楼不见灯光，黑漆漆地耸立在路边，远远看上去就像一个拦路的怪兽，我无端地有点害怕起来，我想税务员小张今天怎么不在灯下打算盘呢，我又想尹成说不定还在镇政府蹲禁闭，说不定尹成一出来就离开夹镇去找部队了呢。我站在通往税务所的小路上进退两难，但就在这时候我听见军号声又低沉地若有若无地响起来了，我还看见一大片飞蛾从税务所那里飞过来，于是我试探地朝税务所那里喊了一嗓子，尹成，尹成，你放出来了吗？我这么一喊军号声又倏然消失了，这真让我纳闷,更让我纳闷的是军号声消失后,另一种声音清晰地传入我的耳朵,是谁在泼水,好像有人在水缸边洗澡。

我壮着胆子朝水缸那里跑过去,看见一个人光着身子站在那儿,用一只水瓢往身上泼水,我一眼就认出那是尹成,是尹成摸黑在水缸边洗澡,而那把军号在水缸一侧闪灼着一圈幽光。

尹成,我喊你你怎么不答应?我还以为这里闹鬼呢。看见尹成我就松了一口气,我坐到缸沿上,脚踢到了什么东西,当的一声,我低下头便看见了那把军号,我说,尹成,你刚才在吹军号吧?

尹成转过身去用水瓢浇他的肩膀,他好像不愿让我看见他光着身子,他说,我要洗个澡,我身上又脏又臭,你离我远一点。

我说,你没吹军号军号怎么会响?你会让太阳吹军号,你不会让月亮也吹军号吧?

尹成说,你离我远一点,我溅了一身的血,我得好好洗一个澡,我的衬衣上全都是血,你离我远一点。尹成又转了个身,他不让我看他的私处,说,才几个月没打仗呀,见了血就恶心,我得好好洗个澡。

我不明白尹成为什么突然提到血,哪来什么血?我这么说着就跳下水缸,我想去拿地上的那把军号,但尹成冲过来抢先一步抓住了军号。尹成说,别碰军号!别碰我的军号!然后我看见尹成把军号放在水缸里用力地漂洗着,水缸里的水随之呜呜地吟唱起来。尹成说,我的军号上都是血,我得好好把军号

灼热的天空　　175

洗一洗。

看见军号淹在水里我就觉得心疼，我嚷了起来，军号不能洗的，一洗就吹不出声来了！

那当然是我一厢情愿的抗议，尹成肯定比我更懂洗军号的危害，但他没有听见我的抗议，他只是用力地漂那把军号，水缸里的水纷纷溅了出来，我听见尹成说，军号上沾着血，我得把血洗掉，你离我远一点，我得把军号洗干净了。我听见尹成老在说血呀血的，可我就是没听进去，我还讥笑他道，你关了几天禁闭有点傻了，哪来的血呀？军号又不是刺刀，军号上哪来的血呢？

尹成说，我把军号当刺刀了，军号上全是血，我得把军号洗干净了。

我从来没见过尹成这种傻乎乎的样子，我想尹成大概真是关禁闭关傻了，这种想法使我壮着胆子上前抢那把军号，我说，你个傻子，快给我住手，我们还是来吹军号，快来吹吧！我记得就是这时候我的颧骨处挨了冰凉湿润的一击，我记得尹成突然用军号抡向我的面颊，我所熟悉的那种吼叫声也重返耳朵。离我远一点！他晃动着军号对我吼道，我告诉你啦，离我远一点，今天我杀人啦！那会儿我还不知道疼痛，我捂住右脸颧骨惊恐地望着尹成，我说，尹成你说什么呀？你真的傻了吗？

我看见尹成的暴怒像闪电掠过夜空，仅仅像闪电一掠而过，他很快就平静了。我看见他把军号举高了对着天边的月亮，太阳能吹响军号，月亮吹不响的。尹成喃喃自语道。他好像在用军号照月亮，又好像让月光照他的军号。我记得尹成曾经让太阳吹响军号，但那天夜里他没能让月亮吹响军号，也许他不想让月亮吹响军号，只是借月光察看军号是否已经洗濯干净，因为他后来把军号放到我的鼻子前，他说，你替我闻一闻，军号上还有没有血的气味？我忍着伤口的疼痛闻了闻军号，我说，有点腥味，军号是铜做的，铜本来就是腥的。尹成这时候突然古怪地笑了，他说，铜是腥的，可邱财的血是臭的，你没闻到什么臭味吧？我一时愣在那儿，然后我就听见尹成说，我把军号当武器了，我用军号把邱财砸死啦！

我以为尹成是在开玩笑，但我一转眼就看见一顶白草帽挂在旁边的玉米秆子上，我知道那是邱财的草帽。我还看见玉米地陷下去一块，里面好像躺着个人。我半信半疑地跑进玉米地，跑进玉米地我一脚踩到了邱财的一只手，一只软绵绵的像棉花一样的手。我尖叫着跳了起来，然后我拔腿就逃，但我可能吓糊涂了，我绕着水缸跑了几圈，最后还是撞到了尹成的怀里。尹成抱住我说，你看你这孬样，见了个死人就吓成这样，还想去当兵呢。

尹成那句话对我还是起了点作用的，后来我一直站在水缸后面，小心地与尹成保持着距离，正因为我没有逃跑，我听到了尹成本人对尹成事件的解释——你知道尹成事件后来轰动了整个解放区，而人们在谈论这件事情时都会提到一个男孩，说只有那个男孩知道尹成为什么用军号砸死棉布商人邱财，那个

灼热的天空　177

男孩不是别人,那个男孩当然就是我。

就在那个炎热的七月之夜,就在税务所长尹成杀死棉布商邱财的现场,我怀着惴惴不安的心情盘问了事情的真相,我以为他不会回答,但出乎意料的是尹成把一切都告诉我了。

他把我的肺气炸了,尹成说,他就像一只苍蝇盯着我,他以为我免了职就跟他平起平坐了,他以为我不爱说话是让他抓着了把柄,他以为我躲他是怕他呢。

那你把他撵走不就行了?你干嘛要杀他?

我的肺气炸了。尹成说,我不想杀老百姓,可我压不下那股火呀,他硬要把他闺女塞给我呢,他把我当什么人了?夹镇的女人我一个也不要,我就是打一辈子光棍也不要他的闺女。

你不要她就不要了嘛,他又不能把你们绑在一起,你干嘛要杀他呢?

他把我的肺气炸了。尹成说,他东拉西扯地说我那条裤衩,他来讹我呢,说要把裤衩交给政府。

他要交政府就让交呗,你就说是他把你的裤衩偷了,那不就行了?

那裤衩——不说它了,你还小呢,说这些脏了你的耳朵。尹成说,我早猜到他会拿这事讹我,光为这事我也不会杀他。我不理他他还得寸进尺了,他又东拉西扯跟我说做棉布生意的难处,说他要借一笔钱去进货,我见他老用眼睛瞄那只钱箱就问他,你想跟谁借钱?他一张嘴就把我气炸了,他让我打开钱箱借钱给他呢,他把我的肺都给气炸了,他以为我犯了错误就会跟他勾结呢,他以为我是党的叛徒呢!

你别开钱箱,你不给他钱他敢怎么样,你不该杀他呀!

那会儿我还没想杀他,他要光站在那儿说,说到天亮我也不理他,尹成说,可他以为我不说话就是答应他呢,他把手伸到我裤子口袋里啦,他涎着脸在我口袋里摸钱箱的钥匙呢。

你不该把那钥匙放口袋里,你别让他在口袋里摸嘛。

我的肺给他气炸了,他一摸我我的火就直往头顶上蹿。尹成说,我警告他了,可他就是不怕我呀,他说你能把我怎么样,你能白摸粉丽我就不能摸你?我说你再摸一下我就宰了你,他还是涎着个脸,他一点也不怕我了,他说你能把我怎么样,你连枪都给镇长没收了,他说你连枪都没了还能把我怎么样,他一说到这事我就忍不住了,我的火蹿到头顶上,操起军号就给了他一下,我实在是忍不住啦!

你砸他一下他就死了?砸一下死不了的,你刚才也用军号砸我脸了,我怎么没死?

我不记得砸了几下。我在河南前线也用军号砸死过一个国民党兵,谁记得砸了几下呢?尹成突然蹲了下来,我看见他在黑暗中用手指擦抹着军号,军号在月光下反射出一圈幽幽的光,它的轮廓看上去那么美丽而又那么坚硬。我们沉默了一会儿,我们不说话水沟里的青蛙便聒噪起来,受惊的蚊群也趁机从玉米地里飞回来,我看见尹成在头顶上挥舞着军号驱赶蚊群,他说,这是什么鬼天气?热死人了,这么热的天逼你杀人呢。

灼热的天空　179

你胡说，夹镇每年都这么热，我怎么没杀人？

这么热的天，我的脑袋都给热晕了。尹成说，要不是天热得你没办法，兴许我就不会砸他那么多下，兴许就砸一下教训他。

是你杀了他，你不能怪天热，我爷爷说他早就看出来了，他知道你会杀人。

我不想杀人。主要是心情太坏了，到夹镇这么多天我的心情一天比一天坏。尹成说，要不是心情太坏，兴许我下手不会那么狠，兴许他就不会死。

你不能怪心情，心情又不长手，心情不会杀人，是你用军号砸死人了。

我用军号砸死他了，尹成说，看见他咽了气我就犯糊涂了，以前我不知杀过多少敌人，他们的肠子黏在我身上我甩两下就继续往前冲，我从来没犯过糊涂，这回我却站在他身边犯糊涂了，我不知道自己怎么会像个傻子似的，怎么会站在那儿犯糊涂？

你当然会犯糊涂，他是老百姓，他再坏你也不该杀他嘛。

我不该杀他。尹成说，我抬头看了眼天，天那么黑，我一下就明白了，我为什么犯糊涂了，以前我打仗杀敌人时太阳当头照着呢，以前我杀敌人时敌人的鼻孔毛都看得清清楚楚呢，可这回什么也看不见，就看见他像条狗似的趴在地上，天那么黑，我什么也看不见了。我一下子都想不起他是谁啦。

他是邱财，是粉丽她爹，你别忘了你还在他家喝酒呢，我不让你喝你偏要喝!

我把邱财给宰了。尹成说,现在我心里明镜似的,我不是犯错误,我是犯了罪啦。告诉你你也不懂,现在我的心反而落下来了,到夹镇这么多天,我的心一直没落下来,我的心一直跟着徐大脑袋他们走呢,现在好了,我的心反而落下来了。

你是干部,干部犯了罪会不会拉出去枪毙?

我正想这事呢。尹成说,他们要是把我枪毙在夹镇,那我就吃亏了,我可不愿意跟邱财换这条命,我正想一件好事呢,他们要是愿意让我死在战场上就好了,我尹成一条命起码得换回敌人十条命,他们要是让我死到战场上,那我死得也值啦。

尹成眼睛里闪烁的光点在黑暗中无比晶莹剔透,我怀疑那是一滴泪珠,我一直想弄清楚那是不是一滴泪,因此我突然跑过去用手背碰了碰尹成的眼睛,尹成抓了我的手使劲地捏了捏,我以为他会对我发怒,但尹成在那个夜晚把我当成了他的亲人,我没想到尹成会如此坦诚地承认那滴眼泪。你别碰它,别碰它,尹成捏住我的手说,我就是这点没出息,碰到个伤心事那尿滴子就滴出来了,怎么忍也忍不住,尹成捏住我的手使劲地晃着,他说,你以后别学我,男子汉大丈夫,一辈子别滴那尿滴子!

我从来不滴尿滴子!

我这么自豪地宣布着,突然发现尹成其实也有不如我的地方,我因此异常勇敢地走到玉米地里,绕着邱财的尸体走了几圈。我用食指碰了碰邱财的手,那只手像一个枯玉米棒子摊在地上。我突然想起夹镇人传说的一件事，说制铁厂厂主姚守山杀了人就把死人埋在玉米地里，我想尹成怎么这么笨，他为什么不把邱财埋在玉米地里呢？于是我朝尹成喊道，你怎么这么笨？把他埋到玉米地里，把他埋起来，谁也不知道你杀人呀。

尹成还站在水缸边，尹成在黑暗中穿好了裤子，他说，我不笨，我知道你在动什么鬼点子，可我不能埋他，我不能做这种事。

你怎么这么笨？埋了他你就逃，等别人发现你早到了前线啦！

要是我想这么跑早就跑了，可我就是不能这么跑，我是个革命干部，我是党的人，杀了人就逃，那我还怎么继续革命呢，革命只能向前冲，革命不能往后逃的。

说到革命我知道自己茫然无知，我不再说服尹成藏尸灭迹，但我总觉得有件事情该跟尹成谈一谈。后来我的目光一直盯着水缸边的军号，军号在那个炎热的夜晚发出一种奇妙的颤音，军号在那个炎热的夜晚好像快跳起来了，好像快奔跑起来了，好像快高声呐喊起来了，那只军号在黑暗中凝望它的号手，号手却凝望着夏夜的黑暗，无人吹奏的军号便自己吹响了，我听见了军号自己吹响的声音。你知道我想跟尹成谈的就是军号的事情，我想要那把军号，可我张口结舌地就是开不了口，我想要是尹成自己把军号送给我就好了，可那好像是不可能的。我正这么想着奇迹就发生了，我看见尹成拿着军号走到我面前，他的手像老人似的颤索着，他说话的声音也像老人一样颤索着，但每一句话我都听清楚了。尹成说，过一会天就亮了，天一亮我还不知道自己是死是活呢，还是把军号送给你，要不我死了也放不下心，还是把军号给你吧。

我正要去接军号奇迹就发生了，关于那把军号的奇迹你一辈子也不会相信，而我一辈子也没有想明白，那把军号滚烫滚烫的，比铁匠铺里的热铁还要烫上一百倍，告诉你你绝不会相信的，那把军号燃烧起来了！我惊叫着，眼看着那把军号在尹成手里慢慢泛红，军号之光由古铜色转为琥珀色，那把军号慢慢燃烧，最后像一团血红的篝火似的燃烧起来啦！

我像个傻子一样惊叫着，对着那把燃烧的军号束手无策，我记得尹成一次次把他心爱的军号往我怀里放，可我最后还是没有接住它，因为那时候我祖父打着一盏灯笼来找我了，我祖父在路上一声声地喊着我的名字，我觉得我真的像个傻子一样，我后来没有去接尹成的军号，却撒腿朝我祖父那儿跑过去了。

然后我听见了尹成最后的军号声，我朝我祖父跑过去时尹成吹响了军号，嗒嘀嘀嗒嗒嘀嘀嗒，军号声一响我跑得更快了，你知道听见军号声我总是跑得比马还快，我跑得比马还快，我觉得身边的空气呼呼地燃烧起来，整个夹镇也呼呼地燃烧起来啦。

第二天尹成从夹镇消失了，没有人知道尹成的去向，镇上的干部们肯定是知道的，但他们都对这件事讳莫如深。镇长有一次亲自跑到我家来,向我问这问那的问了半天,我把知道的一切都告诉他了。末了我问镇长尹成的下落,问他尹成会不会被枪毙,他却不肯告诉我。他不仅不告诉我,还不准我把尹成的事告诉别人。

我是尹成在夹镇唯一的朋友,尹成杀人的事我才不会乱说呢。让我头疼的是隔壁的粉丽,自从她爹死了以后她老是像个鬼魂一样跟着我。我走到哪儿她跟到哪儿,她的眼睛肿得像只核桃,蓬头垢面地跟在我身后。我对她说,你别像个鬼魂似的跟着我,又不是我杀了你爹。粉丽的喉咙里就发出一声打嗝似的呜咽,她呜呜咽咽地说,告诉我尹成在哪儿,我要跟他说一句话,我只要跟他说一句话。

我不知道粉丽要跟尹成说一句什么话,问题是我自己还想跟尹成再说句话呢,我想问他那天是我看花眼了,还是军号真的燃烧起来了。但我知道尹成不会回来了,不管是死是活,尹成终于离开了他讨厌的夹镇。尹成,我的朋友尹成,我所知道的最年轻的革命干部尹成,他再也不会到讨厌的夹镇来了。

我后来一直讨厌我的故乡夹镇。在别人看来这几乎是一件不可理喻的事情,但我觉得我可以解释这种厌恶的缘由,其中最重要的一点也许与尹成有关。一个人总是对他童年时代的朋友满怀赤子之情,我相信我讨厌夹镇是因为夹镇断送了我与尹成的友谊,夹镇毁了尹成,也吹灭了我通往军旅生涯道路上的一盏指路灯,你知道我本来是会跟着尹成去从军的。

大概是六年以后,我在省城参加了工作。我所在的区委负责筹备抗美援朝烈士纪念馆,每天都有志愿军烈士的遗物运到纪念馆来。有一天我正在布置橱窗,一个同事突然挥着一张照片朝我冲过来,他说,小李,这个烈士的名字和你一模一样!我好奇地看了眼照片后面的名字:李小牛,果然跟我的名字一模一样。我把照片翻过来,想看一眼这位与我同名同姓的烈士的模样,我把照片翻过来,看见的是一张年轻而沉郁的脸,尽管照片已经被朝鲜半岛的炮火烧掉了半个角,但是烈士充满野性的眼睛逼视着我,烈士的嘴角坚毅地抿紧着,不露半丝笑容,而他的一道浓眉高高地挑起来,向我划出一个问号。我失声大叫起来——你这会儿大概已经猜到了,烈士李小牛不是别人,他就是我童年时代的朋友尹成。

一个谜在六年以后终于解开了。不知为什么我后来在纪念馆一角阅读烈士的材料时有一种如释重负的心情,坦率地说我并没有为尹成之死感到悲哀,只是感到庆幸,我不知道尹成是怎么跑到朝鲜去打美国鬼子的,让我感到庆幸的是尹成终于完成了他的夙愿,尹成终于死在了战场炮火之中。对于我的朋友来说,他是死得其所了。坦率地说我真是为尹成感到骄傲,我刚知道他隐姓埋名参加了志愿军,尹成总能创造奇迹,我一时无法查考这奇迹是如何出现的,但他去朝鲜打仗用了我的名字,这简直让我受宠若惊,我想没有一件事比它更能说明我们的友谊了。

有关烈士李小牛——不,应该说有关烈士尹成的文字材料非常简短。材料中说尹成死于著名的白头山战役,尹成为了掩护战友用身子堵住了一座碉堡的枪眼。唯一让我怅然若失的就是这段文字，这不仅过于简短，而且许多地方都错了：譬如尹成的籍贯写成了我的老家夹镇，尹成明明是山东人，我老家夹镇又怎么能承受这样的荣誉？譬如尹成的年龄在材料中是十九岁，我记得尹成在夹镇那年就是十九岁，这么多年过去了，他怎么还是十九岁呢？当然我后来很快就想通了，这种错误不能归咎于整理材料的人，那个文书或者宣传干事又怎么知道烈士李小牛就是尹成呢？他也许根本就不认识尹成，又怎么知道尹成在夹镇的那段故事呢？

　　尹成留下的所有遗物是一只军用帆布包，我打开帆布包时一只军号訇然落地，一只像黄金一样熠熠闪亮的军号落在我脚下，还散发着战场特有的焦硝味。我拾起军号走到了纪念馆外，我举起军号对准太阳，看见整个天空整个世界都是金黄色的，我听见阳光震动了空气，空气吹响了军号，然后我所熟悉的尹成的军号声响彻了城市的上空。我模仿我的朋友尹成，举起军号对准太阳，我看见的就是太阳，还有太阳周围金黄色的灼热的天空。

（1996 年）

民丰里

强　盗

　　民丰里这样的建筑在南方被称为石库门房子，其实就是一种嘈杂拥挤的院子，外面的门是两扇黑漆楠木大门，门框以麻石垒砌而成，原来门上有两个黄澄澄的铜环，不知是哪一年让哪个孩子撬去换了糖人儿，那条又长又粗的大门闩倒一直在堆杂物的箩筐里斜竖着，竖了一年又一年，上面落满了历史的尘埃。民丰里现在住了十一户人家，白昼黑夜都有人进出，旧时代留下的门闩在新时代就用不上了。
　　天气很热，民丰里就显得更热，即使偶尔有点南风，吹到这里就被墙挡住了，民丰里的人就像热锅上的蚂蚁，太阳落山后都端出竹椅到香椿树街上去吹风，那天黄昏也是这样的，千勇的母亲打了一桶井水淋在竹椅上，拎着竹椅出去乘凉，走到门边她回头对千勇说，吃完饭别马上洗澡，会把胃弄坏的。千勇没说话。母亲说，你听见了没有？别马上洗澡，要洗也用温水洗，不准到井上洗，现在贪凉，日后落下关节炎你要吃苦头的，千勇没说话，其实千勇从来不听他母亲的唠叨。

千勇放下饭碗就提着吊桶到井台上去了，就是去洗澡的。从七八岁起千勇就喜欢与母亲的意愿拧着干，更何况他现在已经十八岁了。

井是民丰里十一户人家合用的，所以邻居们通常是在这里谈天说地或者飞短流长，主要是那些妇女，她们蹲在那里洗菜，洗衣裳，洗一切能洗的东西，永远不知疲倦，千勇认为那是井水不需要缴水费的缘故，他对这些小家子气的妇女充满怨气，每次洗澡时他就踢开井台边的各种盆器和篮子说，我要洗澡了！把吊桶用劲扣在井里，又大嚷一声，闪开，我要洗澡了！

妇女们说，这个强盗，强盗又来了。本来她们是可以与千勇论理的，但几乎每一个妇女都认为与千勇论理是白费工夫，面对千勇她们总是忍气吞声，总是把仇恨发泄到他母亲身上。都是宠坏的，光管生不管教，这样做母亲的从来没见过。妇女们低声叽咕几句便躲开了，不躲开不行，因为千勇很快会把水溅到她们的身上来。

千勇拎起一桶水，哗地从自己头顶上浇下去，舒服，千勇怪叫了一声，舒服，凉到骨头里。千勇的手在身上拍着，拍到短裤那里，突然停住了，他回过头发现井边还有一个人，是徐家的女孩桃子，桃子坐在一张小凳子上，弯着腰在水泥地上磨一块石头，嗤——嗤——嗤，声音难听而刺耳，千勇记起来这声音已经在民丰里响了一个黄昏了。

民丰里

我洗澡，你还在这里干什么？千勇说。

你洗澡关我什么事？桃子抬起头朝千勇瞪了一眼，她把裙子往上拉了拉说，我在这里关你什么事？又不是你们家的井。

好，那溅到你身上可别怪我。

强盗。桃子轻声地骂了一句，但是骂得似乎有点胆怯，桃子的一只手还是伸到后面挪动了她的凳子。

你骂我什么？强、盗？千勇将一桶水拎着，在桃子面前晃悠着，他说，强盗？我强怎么盗了？我盗你什么了？

没骂你，谁是强盗就骂谁。桃子说。

千勇嘿地一笑，他朝桃子做了一个泼水的动作，吓吓你，千勇收回了吊桶说，我劝你不懂就不要乱说，杀人放火拦路抢劫的人叫强盗，我怎么是强盗？

别跟我来说话，桃子说，我要磨玉石，我不想跟你说话。

磨玉石？磨玉石干什么？千勇说。

我不想告诉你。桃子说。

什么玉石？拿过来给我看看，千勇说这句话的时候手已经伸过去抢了，但他没想到桃子敏捷地甩开了他的手，桃子的一双乌黑的眼睛愤怒地盯着千勇。

强盗，强盗。桃子尖声喊。

你骂我什么？你敢再骂一遍？

强盗，你就是强盗。桃子跺着脚喊。

好，我让你骂，千勇冷笑着拎起那桶井水，猛地朝桃子身上泼去，紧接着他听见女孩的一声惊叫，女孩僵立在井台上，满脸惊恐地看着他。千勇看见水迅疾地濡湿了女孩的白底蓝点的小背心，女孩上身浑圆的曲线轮廓兀然暴露在他眼前。在短暂的沉默之中，桃子突然交叉双手遮住了胸口，而千勇的蛮横肆意的表情也变得慌乱，他很快移开了视线。

桃子后来就那样遮住胸往她家跑，桃子一边哭着一边骂，强盗，不要脸的强盗。有人从屋子里冲出来朝井台这里看，看见千勇正在吊桶里洗脚，千勇的脸上浮出一丝茫然，一丝窘迫。

强盗就强盗吧，千勇自言自语地说，我就是强盗，是强盗又怎么样？

桃子家的大人无疑要来告状，话说得很难听，千勇的母亲脸上红一阵白一阵的，掩面啜泣道，我拿这个孩子也没办法了，哪天等他犯下罪，干脆送他去监牢吧。

民丰里的十一户人家相互间即使心存芥蒂，面上也是很客气的，千勇的母亲就是觉得面子上下不来，摊上这么个儿子，她在妇女们中间丢尽了面子，在妇女们炫耀自己的儿女如何孝顺如何上进的时候，千勇的母亲便无地自容。为了弥补一点儿子在桃子家人那里的恶劣印象，她做了半篮子荠菜香干和肉馅的馄饨，让千勇给桃子送去，但千勇却不肯。

千勇说，给她家送馄饨？为什么？送给她家我吃什么？

母亲说，你够吃了，我留了两碗。

千勇说，不够，我要吃三碗。

母亲的火气立即蹿了出来，吃，你光知道吃，她厉声喊道，你吃了十八年的饭，都吃到哪里去了？

吃到哪里去了？千勇嘻地一笑，说，当然吃到肚子里啦。

你不是吃饭长的，你是吃屎的。

好，我是吃屎的，屎是谁做的？还不是你做的？千勇觉得母亲的话总是漏洞百出，他轻易地就驳倒了她，为此千勇得意地大笑起来。他看着母亲提着半篮子馄饨怒气冲冲走出门，要送你自己送，千勇用一支牙膏细致地涂擦着他的白色回力牌球鞋，他说，有什么大惊小怪的，这么热的天浇一桶井水，有什么大惊小怪的？

大约是一刻钟过后，千勇的母亲拎着空篮子回来，一进门就对千勇说，你做的好事，桃子病了，发高烧，你看怎么办吧。

发高烧？千勇怔了一会儿说，怎么会发高烧呢？

我没脸去她家了，母亲说，你做的好事，你自己看着办吧。

这有什么不好办的？让桃子也浇我一桶井水，不就两清了？千勇最后说。

千勇提着一只吊桶站在桃子家的窗前朝里面张望，他看见桃子斜倚在床上看书，千勇舒了口气，他猜母亲故意夸大了桃子的病情，想吓唬他，千勇想难道我是吓得住的人吗。

桃子你出来，千勇敲了敲窗栏说，你来浇我一桶井水，我们两清，省得你们说我欺负女孩子。

桃子朝窗外漠然地瞥了一眼，侧过身子继续看她的书。桃子穿了民丰里妇女流行的花睡裙，习惯性地蜷紧身子，那种青春期女孩特有的身体曲线便勾勒出来，圆圆的，精巧的，看上去很安静。

桃子你出来，我不骗你。千勇说，我让你浇一桶井水，你要是觉得不合算，浇两桶也行，浇两桶吧，让你赚一桶。

千勇看见桃子啪地丢掉书下了床，她走到窗边，眼睛并不看他。桃子的嘴唇动了动，千勇想她又要骂强盗了，但桃子没有骂，她突然抬起手拉上了窗帘，千勇记得那个瞬间他闭上了眼睛，他看见了女孩包裹在睡裙里的胸部，像两只小碗，他并不想注意那种地方，不知怎么又看见了。看见了也不怪我，千勇想，谁让她的睡裙做得那么紧，谁让她抬起手臂拉窗帘呢？

不怪我了，我让你浇我的。千勇手里的吊桶在桃子家的窗台下轻轻撞击着，千勇说，我让你浇还我的，你不肯浇就不怪我了，革命不是请客吃饭，我们两清了。

立秋后下了几场雨，民丰里人家种植于门前窗下的夜饭花被雨水打成残枝败花，但灼热黏滞的空气却是被洗干净了，出入于石库门的人们重新穿上衬衫和长裤，持续了一个夏天的委顿精神也便焕然一新。

千勇又穿上了他心爱的深蓝色海军裤，千勇穿着海军裤到井台上刷白色回力牌球鞋，正好看见桃子在那儿，千勇下意识地想避开，刚刚转过身，脑子里便响起一种尖厉的嘲笑声，你怕她？千勇原地转了一圈又往井台走，他想，我怕她干什么？

民丰里

嘻，我怎么会怕她呢？

隔了这么多天，桃子还在嗤呀嗤呀地磨那块玉石，桃子的一只手在水泥上来回划动，额前乌黑的刘海也随之轻轻扇动。千勇绕到井台另一侧，用板刷沙啦沙啦地刷鞋子，千勇的眼光忍不住地窥望着桃子手里的玉石，他知道桃子不会同他说话，但他却忍不住地要说话。

什么破玉石？磨来磨去的，千勇说，工艺雕刻厂这种玉石多的是，要多少有多少。

桃子不理睬千勇。

你磨玉石干什么？千勇又说，磨了刻图章？你会刻图章？你肯定不会刻图章的。

桃子还是不理睬千勇。

磨玉石没力气不行，干脆我们换一换，你帮我刷鞋，我来帮你磨吧。

关、你、屁、事。桃子突然昂起头对千勇一字一顿地说，然后她鼓起双腮朝地上吹了一口气，那些白色的粉屑便扬起来，飘到了千勇脸上。

千勇第一次听到桃子吐出这种粗鄙的词语，而且女孩红润美丽的脸上充满了挑衅的表情，这使千勇感到惊愕，他用手里的板刷徒劳地拍打面前的粉屑，你说粗话？千勇说，好，你说粗话。千勇朝井台四周搜寻着，他觉得他该对女孩干点什么，却不知道该干什么，天气凉了，他不再洗澡，他没有任何理由再往桃子身上浇一桶井水。

女孩子家,千勇后来换了一种教诲的语气对桃子说,女孩子家不好说粗话的,女孩子说粗话最难听。

就许你说不许我说?桃子鼻孔里轻蔑地哼了一声,她把那块玉石在盛满水的吊桶里浸了浸,突然说,说粗话有什么?你还欠着我一笔账呢。

我知道你什么意思,我让你浇还我一桶水的,是你自己不要浇。

那么热的天让我浇你?让我替你洗澡呀?桃子说,我又不是傻瓜。

现在天凉了,你现在浇吗?我说话算数,我现在让浇。一桶两桶随你。

现在不浇,等到冬天结冰下雪的时候再浇。

随便你,男子汉大丈夫说话算数,到时候我要不让浇就是乌龟王八蛋。

桃子这时候扑哧笑了一声,不知怎么的,桃子要么不笑,一笑就停不下来,桃子大概想象活了某个滑稽可笑的画面,笑得弯下了腰,笑得青春期的肩部像两只蹦跳的兔子。

你疯啦?千勇瞪着女孩的双肩说,你咯咯咯咯乱笑什么?

关你什么事?我愿意笑就笑。桃子终于恢复了她的矜持和高傲,她瞥了眼脚边的吊桶说,算啦,便宜你,我就现在浇还你吧。

现在就现在。千勇说着端起那只吊桶,他说,来浇吧,浇了我们就两清了。

这桶水不行，已经让太阳晒热了。你再提一桶水上来。

随便你。千勇说着熟稔地把吊桶扣在井中，胳膊一晃一拽，提着一桶井水放在桃子面前，他说，这下可以浇了，浇吧，我要是吭一声我就是乌龟王八蛋。

桃子拎起吊桶的时候千勇闭上了眼睛，本来不该闭眼睛的，但千勇不知怎么就把眼睛闭上了，也不该那样紧张地屏住呼吸，但千勇就是觉得透不过气来。

我浇了，我真的浇了。桃子的声音听上去像是警告，也像是威胁。

浇呀，废话什么？怎么还不浇？

千勇紧闭双眼等了很久，等待着的那桶井水却迟迟没有浇下来，他睁开眼正好看见桃子放下了那桶水，桃子侧过脸去，她好像在看民丰里唯一的那棵梧桐树，八月的秋风穿过屋檐高墙，梧桐树叶发出一阵脆响。

你还等什么？千勇说，你看着那树干什么？

树叶动得很厉害，其实今天很凉。桃子弯起左手食指去抹右手上的粉屑，漫不经心地说，算了吧，我要磨玉石了，把玉石磨薄，刻上一些花，挂在胸前很好看。

你把我看扁了，我怕冷？什么时候怕过冷。千勇不耐烦地摇着那桶井水，他说，你真的不浇？不浇以后就浇不着啦。

不浇，今天真的很凉。桃子又开始嗤啦嗤啦地磨玉石，桃子一边磨，一边说，算了吧，本来跟你这种强盗也没什么计较的。

桃子的脸上泛着两朵红霞，千勇看出来桃子脸红了，千勇不知道桃子为什么会脸红，正像千勇不知道桃子为什么突然原谅了他一样。

千勇后来抛着板刷往家走，回头往井台一望，突然觉得桃子今天特别美丽，不知道为什么，他的心里隐隐地有些失望，竟然是失望，也不知道为什么。

民丰里的房子这两年是愈来愈破败了，原先的黑漆大门现在露出了木头的枯色，门洞里的那条门闩也不知被谁偷走了。石库门里仍然是十一户人家，但该走的走该来的来，该长大的长大了，该老的也就老了。

千勇早就走了，千勇十九岁到新疆当兵，据说是在一个边防哨卡，民丰里的人们当时开玩笑说，那地方冷，千勇肯定喜欢，这下他可以用冰水雪水洗澡了。这些话其实是偏见，细心的妇女都记得千勇去当兵前就学好了，不知怎么突然就安静了，懂事了，学好了，这是事实，否则千勇也没资格去当兵。

千勇的母亲在儿子走后的第二年，拿了一封信在民丰里走东串西，半掩半露地向邻居宣布一个消息，千勇做班长了，千勇的母亲尽力压低喜悦的声音，你想不到吧？这个强盗，他做上班长了。到了第三年，千勇的母亲在井台上向洗衣的妇女们宣布了更惊人的消息，千勇在部队里升了排长。千勇的母亲抹着眼泪说，我做梦也没有想到，这个强盗，竟然升到排长啦。又过了两年，有关千勇的消息几乎使民丰里每个妇女艳羡不已，千勇又升职了，千勇已经当了连长。

我也不知道怎么搞的，一下子就学好了，一下子就有出息了。千勇的母亲端详着照片上的儿子，儿子一身戎装英气逼人，千勇的母亲说，这个强盗，这个强盗哟。

民丰里的妇女们永远都是在娓娓地聊天的，而千勇的母亲常常爱把话题引向她的儿子，男孩子长大了说变好就变好了，你都不知道他怎么变好的。千勇的母亲常常这么说。她对儿子在那年夏天的变化一直不解其味。但有一天她看到出嫁了的桃子回到民丰里，桃子在井边提水的时候一些记忆的脉络突然清晰了一些，千勇的母亲就走过去捉住桃子的手，说了许多话。

桃子，你是个好人。千勇的母亲伸出手在桃子的红锦缎棉袄上摩挲着，她说，我们家千勇，你记得吗？那年夏天，大概是你让他学好的。

桃子仍然微笑着，但从她困惑的眼神中不难看出，她不理解千勇的母亲这番突兀的话。

你记得吗？我们家千勇，大家以前都叫他强盗的。千勇的母亲凝望着桃子说，记得吗？那年夏天，千勇往你身上浇了桶井水。

记得，桃子点了点头，突然笑起来反诘道，他浇了我，可我并没有浇还他呀。

千勇的母亲一时倒不知说什么好了。对，你没有浇还他，千勇的母亲迟疑了一会儿，替桃子摘掉了红棉袄上的一根断线，最后她说，桃子，你真的是个好人。

桃子终于捂着嘴扑哧一笑，那年夏天的事是哪年的事，桃子或许记得,或许已经不记得了。

怨　妇

葆秀是民丰里最著名的怨妇。

葆秀从城南嫁到民丰里来时是十八岁,梳两条齐腰长的大辫子,辫梢上扎着硕大的红绸蝴蝶结,葆秀眉目清丽,但眼袋总是黑黑地浮肿着,像是哭过三天三夜。葆秀不说话,邻居们起初以为刘大的新媳妇是个哑巴,后来发现不是,葆秀说起话来伶牙俐齿,别人都接不上嘴。那当然是二十年前的事了,二十年来民丰里的妇女几乎都从葆秀嘴里听说过一件怪事,这件怪事尤其让年轻的一代瞠目结舌。

我嫁错了,葆秀说,本来我该嫁给刘二的,刘家使了调包计。

怎么会呢?好奇的人们伸长了耳朵听。

就是调包了。媒人是领着刘二到我们家来的,说亲说的就是刘二。葆秀说,谁知道过门那天老母鸡变鸭,变出个刘大来,我要早知道跟老大,死也不嫁过来。

人们都听得将信将疑,替葆秀想想,就是嫁错生米也做成了粥,后悔有什么用?便安慰葆秀道,刘大刘二兄弟俩差不多,别提这事了,让刘大听到了他又要打你。

让他打好了,打死了我这口气也咽下了。葆秀的眼睛射出一种灰暗的光,是民丰里的人们所熟悉的怨妇的目光。老人指着葆秀瘦小的背影评论道，这样的女人，最可怜也最难缠。

一件事情的两种说法往往背道而驰，正像葆秀在二十年前的婚事一样，用刘大的话来说葆秀是在骗人。她在说梦话。刘大的铜锣嗓有一次响彻民丰里上空，对于几十名邻居的窃听毫不隐匿，他说，梦话，梦话，刘二不过是替我去相亲的，她想嫁刘二？斗大的字不识一个，一张脸长得像烂茄子，她配得上刘二？梦话，癞蛤蟆想吃天鹅肉？

刘大在码头上做搬运工，只用力气不用嘴皮子，难免作出这类不恰当的比喻，但是民丰里的人们从他愤怒的声音中不难判断，刘大往事重提也有他自己的依据。

如此一来住在香椿树街上的刘二总是被牵扯到哥嫂的家事中来。刘二出没于民丰里的门洞时，妇女们会意味深长地朝他多看几眼，多看几眼刘二还是那样，头发很油很亮，戴一副黑框眼镜，除了夏天刘二都穿着面料考究的中山装，蓝的，黑的，还有一种罕见的烟灰色，刘二喜欢拎一只人造革的公文包，他的身上散发着民丰里人所崇尚的文雅和仕宦的气息。

刘二不是干部，是香椿树街小学的语文教员，但刘二怎么看都不像小学教员，像干部或者像大学里的教授。邻居们比较着刘家兄弟的人品脾性，替葆秀想想，假如当初葆秀真是嫁错了，那确实是很委屈的。

还是要从二十年前说起，嫁入夫家的葆秀双手死死捂住分道扬镳的乱发，似乎想哭，却哭不出来，隔了一会儿终于裂帛似的哭了一声，人就倾斜着往下冲。刘家人都下意识地以为她想寻短见，慌忙去拉拽，没想到葆秀瘦小的身体爆发了超常的力量，左推右搡，又抓又咬，终于跑到了刘家门外。

其实葆秀没有往井边跑，她倚门啜泣着，朝地上左顾右盼，小姑子问她，你在找什么？葆秀啜泣着说，辫子，我的辫子呢？

那两条辫子被扔在一堆鞭炮的碎屑上，黑黑地盘曲着，像两条精巧的纸蛇。葆秀拾起了辫子，抖掉上面的红纸屑，又轻轻地吹了吹。一滴珠泪凝挂在葆秀的面颊上。旁观者们这时候发现她的目光已经变得冷静，顺从和屈迎的姿态使她第一次正眼环顾了刘家一家人。

辫子，辫子可以卖给收购站的。葆秀轻声地对她婆婆说，起码可以卖一块钱。

有关辫子的往事，葆秀后来曾向知心的邻居吐露心曲。那时候我很蠢，总觉得拖着辫子就还有点念想，拖着辫子就还是个黄花闺女，死活不肯铰掉那两条又长又粗的辫子。按照民丰里——应该说是按照整个老城的规矩，新媳妇一定要铰掉辫子。有一天邻居们看见刘家人楼上楼下地追逐着葆秀，婆婆拿着剪子，小姑子低声下气地劝着葆秀，说，铰吧，一剪子就完了，不疼不痒的，你到底怕什么？但葆秀只是一味地推开拦截她的人，突然把两条辫子塞到了嫁衣里面，桃红色的绣花小袄上鼓出了两道山梁，葆秀的脸上是一种以死相争的表情，刘家人一时无从下手，而新郎倌刘大这时已经忍无可忍，他从母亲手里抢下剪子，吼道，我来剪，剪条辫子还这么难？刘大像扛货包一样把葆秀扛在肩上，把她摇了几下，颠了几下，那两条辫子就从葆秀的衣裳里滑出来了，我怕你不出来，刘大怒视着两条辫子说，让你出来就得出来，然后便是咯嚓一声，又是咯嚓一声，两条离断的辫子已经抓在刘大手上了，刘大将它们在手上抖了抖说，还挺重的，说完一扬手便把两条辫子扔到了窗外。

刘家人记得葆秀当时脸色苍白如纸。葆秀叹着气说，可是刘大那畜生一剪就把什么都剪掉了，有什么办法？剪掉了我就算是他的人了。

民丰里的那棵老梧桐树就长在刘家的楼窗前，梧桐树长了四十多年，茂盛的枝叶遮住了楼窗上昏黄的灯光，却遮不住刘大夫妻在深更半夜拌嘴或厮打的声音。

富有床笫生活经验的人们不难判断那些声音的实质内容，他们在掩嘴窃笑之余不免要回味葆秀的那种凄厉的哭叫声，畜生、猪、狗、下流坯、臭流氓，葆秀的叱骂变化多端，一声比一声高亢，一声比一声惨烈，到最后是一声撕肝裂胆的尖叫，尖叫过后渐渐地就安静了。邻居妇女们都觉得葆秀在夜里有点过分，但是葆秀在她们眼里是很可怜的。男人们却与刘大一个鼻孔出气，替刘大喊冤，睡自己的女人，弄得像杀猪，这叫什么夫妻？男人都说，葆秀这种女人，嘿嘿，要她有什么用？

葆秀在民丰里的日子就这样含羞地开始，一日复一日的，葆秀早晨到井边去淘米，眼袋肿肿的，散发出青黑色，妇女们与她搭讪，葆秀的眼泪一不小心就像断线珠子似的落下来。

刘大永远是粗壮的骂骂咧咧的刘大，即使脸上布满了细小发红的指甲抓痕，刘大仍然骂骂咧咧地喝上一盅烧酒，对着身后说，把花生米拿来！刘大从小就火气大，每次从民丰里的石库门进出时，不肯用手去推门拉门，嘭，总是那么一脚踹，天长日久民丰里的两扇黑漆大门就让刘大踢坏了。

我男人，我男人不是人，是畜生，比畜生还不如。葆秀有一次忍不住地跑到居民委员会去告刘大的状，说到伤心处又是声泪俱下，她说，他不是人，他不把我当人，我要跟他离婚。

那些妇女对刘家的事都有所耳闻，便婉言劝阻葆秀。现在是新社会了，妇女能顶半边天，离婚是可以的，不过，不过——女干部说到这里表情就尴尬起来，不过光为那种事情闹离婚，好像说不出口，理由也不合适。女干部忍不住吃吃地笑，再说，再说那种事情也是正常的，你现在讨厌，说不定以后会喜欢的。

葆秀的脸羞赧地拧过去，隔了一会儿突然说，我也不是不让男人碰，就是让刘大——我不甘心，你们知道吗，我让刘家骗了，他们用了调包计。

一语道破天机，说来说去葆秀还是在为嫁错刘家兄弟的事情耿耿于怀，妇女干部们相互间会心一笑，便都忙别的去了。自古以来清官难断家务事，对于葆秀的遭遇，她们表示爱莫能助。

葆秀嫁到民丰里的第二年就生下了一个男孩，不管母亲心情如何，刘大的骨血一个个地跑到了葆秀的肚腹里，然后哇哇大哭着坠入这个不睦之家，就这样，像民丰里的大多数妇女一样，葆秀二十五岁那年就做了三个孩子的母亲，也不管母亲心情如何，三个孩子的眉眼神色都酷肖刘大。

三个孩子没一个像我的，葆秀喜欢在井台上埋怨年幼的儿女，老大蛮，老二刁，老三嘴馋，都像那个死鬼，想想怎么也想不通，葆秀挥起棒槌用力地击打儿女们的脏衣服，尖着嗓门说，怎么想得通？都是我十月怀胎受着罪生出来的，怎么都像了他？那个死鬼！

葆秀已经是民丰里的葆秀了，不管怎么说，不管从前的眼泪浸湿了多少衣裳，她的棒槌挥了一年又一年，全都捶干了，这么一下一下地把棒槌捶下去，葆秀的沧桑岁月也浮在脚边的污水上悄悄流失了。

葆秀已经不是那个葆秀，她眼袋上的青黑色看不见了，但前额过早爬上了皱纹，面色枯黄，近似秋天梧桐落叶的色泽，而且她的嘴角上常常长着几个热疮。这是火气，葆秀指着嘴角对邻居说，我满肚子火气不知朝谁发；结果就攻到嘴角上，又疼又痒，又不敢用手抓，难受死了！

所以说，葆秀仍然是一个怨妇。

刘二每次到民丰里来，后背上就落满邻居们窥测的暧昧的目光，像蚊子一样无声地叮住他，拍也拍不掉的。刘二知道他们是在注意自己的去向，是否往他哥嫂家跑，但是他不往哥嫂家跑又往哪儿跑？母亲高堂在上，知书达理的刘二总是要来探望母亲的。刘二挟着黑公文包蹑手蹑脚地走上楼梯，仍然有邻居冷不防从厢房里探出头，说，老二回来啦？刘二便说，回来了，回来看看我母亲。心里却暗暗地骂，废话，全是废话，不是看母亲难道是看葆秀吗？葆秀的那张又瘦又黄的脸，有什么可看的？

　　刘二不爱看葆秀，葆秀却是常常用眼角的余光扫瞄他的，葆秀手脚麻利地做好一碗赤豆元宵，往刘二面前一放，也不说话，退到一边继续用隐蔽的眼光扫瞄，双眸里忽明忽暗。如果刘大站在旁边，刘大的眼睛就更忙，又要看葆秀，又要看刘二，有时脖子上的青筋就暴突出来，对刘二说，没事早点回家去，闲坐着有什么狗屁意思？刘二觉得他与哥嫂之间隔着一张窗户纸，捅破难堪，不捅别扭，刘二想要不是母亲还在，你请我来我也不来。

　　后来刘二的母亲过世了，办完丧事刘二果然就不到民丰里来了，只是在逢年过节的时候，按照本地的风俗到哥嫂家拜个年，刘二给侄儿侄女每人一份压岁钱，假如刘二给了一块钱，葆秀就要准备两块钱，因为刘二恰恰也有三个孩子。树活一张皮，人活一张脸，葆秀对邻居们说，我就是要个面子，其实我们家日子比他家紧，但我不喜欢占别人便宜的。

　　刘二不来了，但葆秀一不小心就会说到刘二那个家庭，说到刘二的女人秋云，说秋云好吃懒做，还成天地向刘二装病撒娇。你们知道吗，秋云的短裤也要让刘二洗的，说是手不能浸水，喊，手不能浸水？天底下还有这种病。葆秀谴责着她的妯娌，声音里的义愤之情已经无从掩饰，秋云这种女人，要她有什么用？

井边的妇女们轻易地捕捉到了葆秀内心的另一种声音，她们凭借惊人的记忆力回想起多年前刘二和秋云的婚礼，婚礼上葆秀的两个孩子啼哭不止，葆秀怎么哄也停不下来，所有的宾客都被那啼哭吵得心绪不宁，一个眼尖的女宾后来告诉别人，我看见葆秀在拧孩子的屁股，拧了大的拧小的，一边哄一边拧，孩子的哭声怎么停得下来？

也不知道刘二是否告诉过秋云那些事情，那些事情或许想说也说不清楚，而秋云或许也不会与民丰里的妯娌一般见识，秋云是个中学教师，每天在学校里教孩子们说叽里咕噜的外国话，民丰里的人们认为文化高的妇女都很傲慢，所以秋云是不会与葆秀一般见识的。

孩子们虽然遗传了刘大的特色，偏矮偏肥，但毕竟都长大了，都在学校里读书，读得漫不经心，经常让刘大用皮带抽或者用鞋底扇耳光，刘大怒吼着说，读不好以后跟我一样，到码头上扛货包，有什么出息？这时候葆秀便与刘大保持着配合，葆秀抢走刘大手里的皮带，塞给他一条绳子，悄声耳语道，抽三鞭就停，但刘大常常忘了葆秀的关照，由着性子抽下去，结果葆秀就和刘大厮打在一起,你要把他打死呀?狼心狗肺的畜生!葆秀骂完刘大又去骂孩子,你也该打,打死了我不心疼,门门功课开红灯,以后跟你爹一样,到码头上扛货包吧!葆秀骂完了又抹眼泪,语重心长对孩子说,以后千万别跟你爹一样,好好念书,怎么就不能学着你叔叔?最起码也做个教师!

现在刘大对葆秀一般都是低眉顺眼的,礼拜天的早晨,刘大被葆秀指使得像一只陀螺无法停歇,打水、晾衣、倒垃圾、买油打醋,刘大扛着一竿湿衣裳站在民丰里的空地上,一只手焦灼地扯着裤子说,忙完了没有?我急死了,早晨起来连个撒尿的工夫也没有。

民丰里的人们怀着一颗善心回忆起多年前刘家的夜半叫声,都觉得那对夫妻现在像夫妻了,也难怪,做了多少年夫妻,做到后来都是这样,也别去管是男的驯服了女的,还是女的驯服了男的。人们唯一困惑的是葆秀的口头禅,我是嫁错的,我是让刘家骗到门上来的。葆秀仍然在私底下这么对人说。这么多年过去了,人们认为葆秀不该这么说了。

葆秀后来果然就不这么说了。

那天葆秀的小儿子放学回家,葆秀看见他嘴上有血痕,再细看嘴里的一颗门牙也没有了。儿子说是摔的,但葆秀认准儿子在说谎,肯定是跟谁打架打的。葆秀想是谁家的孩子这么心狠手辣,简直是骑在别人头上拉屎,她不能这样就算了。儿子不肯说,你不说我也能打听到,葆秀说,我找你叔叔去。葆秀

民丰里 207

想儿子就在刘二的学校里，刘二应该知道内情的。

大约是下午四点半钟的时候，葆秀去了香椿树街的刘二家，有人看见她走出民丰里的门洞，问，去买菜？怎么篮子也不带？葆秀边走边说，还有什么心思买菜？老三的门牙都给人打掉了，我要去调查调查。葆秀没有透露她的行踪。五点钟刚过葆秀就回来了，收腌菜的女邻居看见葆秀站在门洞里，呆呆地站在那儿，嘴里大声地喘气，女邻居走近葆秀，见她脸色煞白，眼睛里冒出一种古怪的光。

你怎么啦？哪儿不舒服？女邻居问。哪儿都不舒服，像咽了一堆苍蝇。葆秀沉默了会儿突然骂道，这个畜生，人面兽心，没想到他是个下流坯。

谁打了你家老三？女邻居听得有点糊涂，说，到底是谁呀？

跟我动手动脚的，他把我看成什么人了？葆秀仍然咬牙切齿的，她说，怎么说我也是他嫂子，他怎么可以跟我动手动脚的？

女邻居终于明白葆秀在说什么，一下子就瞠目结舌了，说，刘二？怎么？这事太——太那个了。

人面兽心，我算是看透他了。葆秀慢慢地平静下来，她撩起衣角擦了擦眼睛，似乎想起了什么，关照女邻居道，这事就你知道，不敢传出去，让我家刘大知道了会闹出人命的。

不敢传出去，这种事怎么好乱说？女邻居不断地点头允诺。

但葆秀自己最后还是把事情传了出去，至少有五名民丰里妇女听葆秀埋怨过刘二,怎么说我也是他嫂子,葆秀用一种尖厉的声音说,他怎么可以跟我动手动脚?这个人面兽心的畜生!

侦　探

一个穿海魂衫的男孩在民丰里来回奔走,脚步忽疾忽慢,脑袋朝左右前后急切地探出去,然后又失望地缩回来。没有了,真的没有了,少军嘀咕着,终于垂着手站在井旁,眼睛朝洗衣的妇女狠狠地斜了一下,妇女们正说着她们的事,谁也没有留心,少军抬头看看,将手指含在嘴里打了个唿哨,还是没有人搭理他,少军忍不住又用愤怒的眼睛朝她们斜了一下。

看见我的兔子了吗?少军说。

不在笼子里?少军的母亲终于抬起头来。

你早晨给它喂菜了吗?少军用一种类似审问的口气说,肯定是你,肯定是你忘了把笼门插上。

我哪有空给你的兔子喂菜?我哪有空管你的兔子?母亲的手一直在盆里搓着衣裳,她说,大概溜到哪儿去吃草了吧。

溜到哪儿去吃草?少军气咻咻地说,你什么也不懂,跟你说了也白说。

少军又斜着肩膀朝民丰里的另一侧走,走走停停,朝每户人家的门窗里投去匆匆一瞥。走了几步少军听母亲在井台上叫他,便回过头充满希望地看着她。

是你忘了把笼门关上吧,少军说,我猜就是你。

我哪儿有空看你的兔子?母亲还是那句话,当然她更想说的是另一句话,她说,咦,那兔子,昨天不还在笼子里吗?

昨天?那还用得着你告诉我?少军哭笑不得地扭头就走。原来是一句废话,少军想这件事情跟母亲说等于是对牛弹琴。

少军站在他的朋友大头家门口,捏着拳头嘭嘭地敲门。

谁?大头在里面问。

我,侦探。少军在外面说。

过了一会儿大头才跑来开门,大头宽阔的脑门上淌着几滴汗,他脸上的表情显得很紧张。

你在搞什么鬼?少军审视着大头说,怎么等到现在才开门?

搞什么鬼?我在大便。大头匆匆地走到桌子前,挺起肚子把一只桌屉撞紧,一边反问道,你在搞什么鬼?

我的兔子不见了,是你偷的吗?少军说着眼睛却瞄准了那只桌屉,他说,我是侦探,谁偷了我的兔子,三天之内一定会查出来。

兔子?我偷你的兔子?大头鼻孔里鄙夷地哼了一声,兔子,我最讨厌兔子了,女孩子才养那种东西。

少军极力压抑住受辱后的怒气,他从容地走到桌子前翻弄着桌上的一把链条枪,这把枪做得不错嘛,少军一只手试着链条枪的扳机,另一只手却突然用力拉开了那只桌屉。大头还未及阻挡,少军已经把大头的秘密紧紧地抓在手中。

其实只是一页画片,好像是从哪本画册上撕下来的,一个不穿衣裳的外国女人斜卧在草地上,她的每一寸肌肤都反射出粉红色的光亮,让民丰里的两个男孩触目惊心。

好呀,你躲在家里偷偷看这个。少军像挨了烫似的扔掉画片,他说,老实坦白,从哪儿弄来的?

捡来的,在小韩家的垃圾桶里。

撒谎,垃圾桶里怎么会有这种东西?

骗你是小狗。大头涨红了脸对天发誓,他说,小韩家的垃圾桶里还有几页,不信你自己去翻翻看。

我才不去翻,女人有什么可看的?光着屁股有什么可看的?少军怪笑了一声。

少军想起小韩是刚搬进民丰里的住户,小韩孤身一人,很少与邻居们接触,而且总是门窗紧闭,还要拉上几块窗帘布。少军突然觉得小韩一直是鬼鬼祟祟的,这个人身上有许多令人怀疑的疑点。

你有没有在他的垃圾桶里看见兔毛?少军皱紧了眉头沉吟一会儿,他说,小韩肯定把我的兔子宰了,肯定把我的兔子煮熟吃了,你知道吗,兔子肉吃起来很香的。

两个男孩后来就去检查小韩家的垃圾桶,大头望风,少军埋下头去看那只肮脏的红色塑料桶,但桶里没有一根兔毛,甚至连别的垃圾也被倒掉了。怎么回事?少军嘀咕了一声,他想不会什么东西都不见的,头就埋得更低,果然发现了那根红色的玻璃丝线,玻璃丝线很细,黏在桶底,不易被人发现,但少军终于把它小心地拉了出来。

这就是疑点。少军得意地拎起玻璃丝线给大头看，他说，你想想，他家又没有女的，又不用它来扎辫子，他用这玻璃丝线干什么？

对，他要玻璃丝线干什么呢？大头茫然道。

肯定是作案工具，少军挠着头想了想说，也许，也许他用玻璃丝线勒死了我的兔子，你知道吗，这样不会留下血迹。

大约是午后三点钟的时候，阳光寂静地流淌在民丰里狭长的空地上，几只母鸡在啄食石板缝里的草苔，除了刘家窗台上的老花猫，几乎没人看见小韩家门口交头接耳的两个男孩。

马上立案，我要开始侦查了，三天之内破案。少军以一种职业化的口吻向他的朋友宣布了他的决定，他对大头说，你配合我，做我的助手。大头迟疑了一会儿，说，我凭什么做你的助手？是你丢了兔子，关我什么事？少军或许是没想到大头会拒绝他的要求，我什么时候让你做助手的？少军立即收回了刚才的话，他发出了一声短促的冷笑说，让你做助手？呆头呆脑的，反而碍我的事！

少军的侦查始于那天夜里。

少军先是爬在他家的老虎天窗上监视小韩家的动静，他看见小韩推着自行车进了民丰里的门洞，瘦瘦长长的一条身影，笔直地走过去，绝不朝左右前后多看一眼。他从来不与人说话，少军想，不说话的人心里都藏着鬼。他注意到小韩自行车的书包架上夹着一件什么东西，大概是一只饭盒，上班的人们都会在自行车后面夹一只饭盒,这不奇怪,但少军突然听见那只饭盒里咕噜响了一下,好像有什么东西在里面滚动,是几块没吃光的兔肉?少军这样猜想着,看见小韩打开了门锁,扛着自行车进了屋里,别人的自行车都放在院子里,唯独小韩每天要把自行车扛回家,这也是疑点,少军想,那家伙身上尽是疑点,连扛自行车的动作都显得慌里慌张的。

母亲在下面喊,少军你疯了?爬在老虎天窗上干什么?

不干什么,我在看星星。少军说。

疯了,丢只兔子跟丢了魂似的。母亲说,你看星星就能把兔子看回来啦?

你不懂,你什么都不懂,少军回头说,同志,你能不能安静一点?你能不能别来跟我捣乱?

兔子,不就是两只兔子吗?哪天让你姨妈从乡下捎两只来。母亲絮絮叨叨地走开了,剩下少军站在木梯上,耐心细致地监视着小韩的动静。

其实也没什么动静,小韩除了出来倒掉一盆水之外,一直呆在屋子里。除了灯光,少军什么也看不见,因为小韩家的窗上都拉着厚厚的窗帘。少军只能从灯光明火中分析小韩的行为,这个窗口亮着,说明他在厨房里,他在厨房里干什么?又在吃兔肉了?这盏灯灭了,那个窗口又亮了,他大概要睡了,要睡了?少军想为什么早早的就要睡呢?

小韩家气窗上的那块空当是突然出现在小军的视线里的,不知道小韩是否想把窗帘拉得更严密一些,反正窗帘动过以后

民丰里 213

就留下了那块空当。少军现在从狭窄的气窗上恰恰可以看见小韩的床,准确地说是床的一半,一条薄毯的一半,意外的收获几乎使少军屏住了呼吸。

他看见小韩上了床,那张瘦削的脸正面对着少军,在灯光的辉映下显得苍白病态,但少军觉得他的眼睛里闪烁着某种诡秘的光芒,他看见小韩用双手的食指顶住两个额角,转了一圈,又转了一圈——这种动作多么奇怪,少军还想发现些什么,但是很不巧。小韩的脑袋突然沉下去,他肯定是调换了方向躺着,少军后来看见的是两只苍白的脚,它们忽而静止,忽而急遽地颤动,像拧麻绳似的拧在一起,少军想他的脚上也有疑点,睡觉就睡觉,他的脚为什么这样乱动不止?

后来小韩家的灯就灭了。除了气窗玻璃上的一小片幽光,少军什么也看不见了。

第二天少军又去翻看小韩的垃圾桶,桶里没有大头所说的那种画页,也没有红色玻璃丝线了,少军发现了几根骨头,他用树棍拨弄了几下,他觉得那不像是兔子的骨头,那么大那么粗的骨头,到底是什么骨头?少军这么想着心就开始狂跳了,会不会是人的骨头?

现在已经不是兔子的问题了,小韩心里肯定藏着鬼胎。少军绕着小韩的屋子走了一圈,他决定爬到小韩的窗台上去,他要利用气窗上的一块空当看看那张可疑的床。

假如有大头在旁边望风就更好,但没有他也一样干。假如有人撞见，他就说是接受了公安局的秘密任务来监视小韩的，不管别人是否相信，至少不会有人来阻拦他。

少军的脸终于贴住了气窗玻璃。现在他看见了小韩的那张床，床和毯子都很正常，使少军产生疑问的是床上的枕头，枕头竟然有两只，又皱又瘪地挤在一起，而且少军清晰地看见另一根红色的玻璃丝线，长长的，细细的，它就盘曲在枕头一侧。

因为紧张和激动，少军跳下窗台时不小心把脚踝崴了一下，后来他就那么半跳半奔着跑到大头家里，透露了他的最新发现。

小韩，小韩果然有鬼。少军喘着气说。

真的是他？大头说，是他偷了你的兔子？

没这么简单。少军的眼眸里闪闪烁烁的，他说，打死你也不会相信，小韩家里还藏着一个人，一个女人。

你又瞎编了。我怎么从来没见过？大头疑惑地说，一个女人？你怎么发现的？

军机不可泄露。少军微笑着说，我早说过小韩这人鬼鬼祟祟的，你不信，什么事情能逃过我的眼睛？

可是，可是他把一个女人藏在家里干什么呢？大头又问。

少军似乎被一下子问住了，怔了一会儿用鄙夷的目光斜了大头一眼，干什么？你就知道问干什么，偷偷摸摸藏一个人在家里，肯定要干一件危险的事。少军说着匆匆地离开大头家，走到门外时他又回头对大头说，你等着看我的，三天之内我一定破案。

民丰里 215

奇迹出现在第二天夜里。

少军后来难以描述那天夜里的心情。本来他是爬在老虎天窗上监视小韩的，但母亲一直用扫帚敲着梯子喊他下来，这种干扰分散了他的注意力，少军干脆就从梯子上下来了，他想与其这样伸长了脖子，又要听母亲的唠叨，不如冒险爬到小韩的窗台上去。

小韩家厚实的窗帘仍然在气窗部分留下一块空当，这给少军的第二次侦查提供了方便。

天渐渐黑透了，小韩家的灯光呈交替状地亮了，又灭了。梧桐树后的少军的心又砰砰地狂跳起来，他听见民丰里唯一的电视机在桃子家咿咿呀呀地响着，有个男人捏着嗓子唱着京戏，少军想那种声音正好可以掩盖他翻窗的声响，他贴着墙壁朝小韩家的窗户挪过去，刘大家的猫这时候喵呜叫了一声，少军吓了一跳，但除了那只猫，没有人看见他。

少军站在窗台上，贴住那块气窗玻璃朝里面看，里面漆黑一片，什么也看不清楚，这已经在少军的预料之中，他从裤袋里摸出手电筒，而室内的那种奇怪的声音恰恰传入了少军耳中，是一种类似于人在搏斗或挣扎时的声音，呻吟和喘息，少军觉得他的心脏快跳不动了，一只手急不可待地拧亮小电筒，对准了气窗玻璃，小电筒的圆形光柱异常精确地投向室内的床。紧接着少军看见了令他永生难忘的一种画面。

小韩的脖子上勒着那根红色的玻璃丝线，有两只手，不知道是谁的两只手抓紧了玻璃丝线，勒紧，松开，又勒紧，小韩的脸因此变得古怪而恐怖，嘴张得很大，所有异常的声音都是从他的嘴里发出来的。

少军后来不记得自己是否叫喊了，只记得跳离窗台时莫名其妙地丢了一只鞋。

少军光着一只脚跑到香椿树街派出所。

民丰里杀人案，民丰里杀人案。少军一边喘气一边对两个警察说，我侦破了民丰里杀人案。

别慌，说清楚了是谁杀人了？警察说。

十六号的小韩。少军仍然喘着气说，是我侦破，我早就开始怀疑他了。

小韩把谁杀了？

小韩，不，是有人在杀小韩，少军在脖子上比划了一下，他说，一根玻璃丝线，有人在勒死小韩，我早就发现那根玻璃丝线了。

谁在勒死小韩？警察说，别慌，说清楚点。

看不清楚人，窗帘挡住了。少军说，反正有一个人，没准还是个女人。

两个警察分别从挂钩上取下了枪，少军在后面问，枪里有子弹吗？他们没有理睬这种提问，推了推少军，小孩，给我们带路。

少军领着警察冲进民丰里时，民丰里静悄悄的，只有刘大

民丰里　217

家的猫受惊似的溜过屋顶。他们站在小韩家门口敲门，敲得很急促，里面的灯亮了，左右邻居家的灯也亮了。

小韩穿着棉毛衫和短裤出来开门，表情看上去惊愕而茫然，而少军更加惊愕，少军的第一个反应是小韩挣脱了那根玻璃丝线，凶手或许已经跑了。

出了什么事？小韩问警察道，查户口吗？

不查户口，查凶杀案。警察说，刚才是不是有人对你行凶？

行凶？莫名其妙，小韩说，谁对我行凶？

两个警察径自闯了进去，他们在床的周围细细勘查了一遍，然后又检查窗子，而少军眼疾手快地从床上捡起那根玻璃丝线，就是它，就是用它勒的。少军把玻璃丝线塞到警察手里，突然又叫起来，不好，我不该留下指纹的。

到底怎么回事？你们把我弄糊涂了。小韩跟在警察后面说。

这个孩子说，有人用玻璃丝线勒住你的脖子，警察严厉地审视着小韩，问，是谁刚才勒你的脖子？

没人勒我的脖子。小韩说。

有人勒你的脖子，我亲眼看见的，少军这时冷笑了一声，总不会是你自己勒自己的脖子吧？

小韩的脸上出现了一种窘迫的表情，他朝少军投以厌恶的一瞥，一边匆忙地穿着长裤，小韩突然侧过脸对警察说，就是自己勒自己的脖子，一个人，无聊，那么玩得舒服的。

两个警察面面相觑，看手里的红色玻璃丝线，看小韩的脸,最后看发呆的少军,两个警察也显得茫然迷惑。

不骗你们,那么玩危险,但真的很舒服。小韩对警察挤了挤眼睛,而且他在一个警察耳边低声耳语了一会儿,那个警察居然嘻嘻地笑起来了。

少军呆若木鸡,他不懂一件可怕的凶杀案怎么会逗人发笑,当两个警察后来嬉笑着交头接耳地走出民丰里时,少军愤怒地追上去,他在骗你们,你们怎么听不出来?他尖声说,自己怎么会勒自己的脖子?

年纪稍大的那个警察拍了拍少军的头,仍然很暧昧地笑着,你还小,有些事情你不懂,那个警察说,咳,让我怎么说?那些事情你还是不懂的好。

民丰里又亮起几盏灯,有人把头探出窗外,朝门洞这边看。少军垂着头沮丧地站在梧桐树下,朝树干踢了一脚,梧桐树叶便簌簌地响,猛地看见一条黑影长长地投过来,少军侧脸一望,是小韩叉着腰站在他家门前。

讨厌,下次再偷看我揍你。小韩说。

少军知道他在骂自己,想想突然觉得委屈,便扯着嗓子对那边喊,讨厌,谁偷了我的兔子?

花　匠

花匠在民丰里住了二十年,开始他是仍然种着花的,门前几盆石榴和海棠,窗下一畦瓜叶菊,在远离小屋的大门洞后还植了一片串串红和太阳花。但是那些花很快被孩子们随手摘下，放在鼻孔下闻一闻，然后就扔掉了，剩下的花枝即使被孩子们遗漏，但最终也被大人们的自行车压坏挤死了。要知道民丰里住了十一户人家，他们都习惯于在共用的空间堆放该放的东西，或者是不该放却也不该扔的东西，譬如箩筐、腌菜缸、木柴堆和锈蚀的痰盂，他们觉得花匠的花不该来占地方。

花匠有一天修剪着石榴的乱枝，剪下一枝，朝民丰里四下望望，又剪下一枝，在手里捻着，突然叹了口气，把大剪刀对准了石榴的根部，咬紧牙剪下去，咯嗒一声，那棵正开着花的石榴就斜仆在地上了。

花匠后来就不种花了，只有一盆白色的月季时常出现在他的窗台上。遇到阳光温煦的日子，他把月季抱出来，有人凑过去看花的时候，花匠就凑过来看你，看你的手。花匠的眼睛告诉看花的人，不要碰我的花。

民丰里的人们不爱花匠的花，但是对于他的履历却是充满了好奇心，花匠到底姓王还是姓黄？花匠退休前在水泥厂当工人还是种花？人们一知半解，但是花匠年轻时候在军阀郑三炮家里的那段往事，就像一支朗朗上口的民谣，多年来已经在民丰里流传得家喻户晓了。

花匠当年是被郑三炮抽了一百鞭以后扔出郑家花园的。郑三炮是个冷血魔王，杀人不眨眼，一般说来他打人杀人不要什么理由，但鞭逐花匠时却握有一条令人信服的理由，据说花匠与郑家六小姐偷偷地相好了三年，三年过后郑三炮在六小姐的床底下拖出了花匠的一条腿，还有一条腿却被六小姐抱在怀里。郑三炮本来是想用驳壳枪顶住花匠的膝盖的，六小姐推开了父亲的手，结果子弹射偏了，恰恰击中了向郑三炮通风报信的女佣，所以六小姐那天又是哭又是笑的，当花匠终于被人拖到外面时，六小姐就笑着朝血泊中的女佣吐着唾沫，活该，活该，六小姐说，谁让你多嘴多舌？死了活该。

军阀郑三炮有八个女儿，与花匠私通的是最美丽最受宠的六小姐，人们后来回味着这则绯闻说，幸亏是六小姐，否则花匠就不止是挨一百鞭，郑三炮肯定要送他去见阎王爷了。但花匠自己在回忆往事时却持相反的论调，假如不是六小姐，郑三炮也不会把我怎么样，说不定就把她许配给我了。花匠对他的亲戚说，郑家二小姐不就嫁给厨子老孙了吗，生米做成熟饭，下嫁也就下嫁了。

往事不堪回首，花匠很少提到他在郑三炮家的遭遇，一旦提及他的脸上总是浮出一种抱憾之色，他的手便会在腿上臂上盲目的抓挠着。六小姐，你们没见过，倾国倾城呀，花匠说，就怪我们不小心，就怪当时年轻血旺，半天见不上面就像热锅上的蚂蚁。本来我们要私奔去香港的，船票都买好了，可是六小姐在花园里朝我摇了摇檀香扇，她摇扇子我就去，偏偏那天夜里让他们发现了。花匠说到这里禁不住喟然长叹一声，他说，本来第二天就要上船的，第二天郑三炮要去南京，家丁们跟着他去，多么好的机会，偏偏六小姐又摇扇子，偏偏我又去她房间了，现在后悔，后悔有什么用？

绯闻中的女主角六小姐在民丰里人的想象中类似一张发黄的美人照片，大概有四个民丰里老人在五十年代有幸一睹过六小姐的天姿芳容。那时候花匠刚搬到民丰里来，他脊背上的黑红色鞭痕透过白绸衫仍然清晰可辨。有一天门口来了辆黄包车，一个穿红花锦缎旗袍的女人下了车走进民丰里，站在梧桐树前拿出一面圆镜，迅捷而娴熟地描了眉毛涂了口红，有人上前问，你找谁？那女人淡淡地说，不找谁。问话的人觉得奇怪，看着她把镜子和唇膏收进手袋里，扭着腰肢朝花匠家走，井边的观望者很快发现她认准了花匠家窗前窗下的花，假如她是六小姐，假如她来找花匠，自然是无须向别人问路的。

六小姐那天在花匠家里逗留了大约一个钟头，或许时间更长一些，这个细节没人能记住了。那些老人只记得六小姐出来时脸上有脂粉被泪水洗得红白莫辨，眼圈也红肿着，看上去并不如想象中那样美丽。六小姐站在花匠家门口，用手帕的角在眼睛两侧轻轻点了一下，然后她转过身在窗台上抱了一盆月季花，抱在怀里走过井台。井台旁的人们没有料到六小姐会跟他们说话，六小姐突然站住了，她朝那些人友好地微笑着，但眼光和声音却是盛气凌人的，我表弟，我表弟初来乍到，六小姐迟疑了一会儿说，他人老实，你们多照应他，你们多照应他不会吃亏的。

那些老人都记得六小姐说的那番话，她说花匠是她表弟，这种笨拙的障眼法使人撇嘴窃笑，他们觉得六小姐莫名其妙，什么吃亏不吃亏的？已经是社会新闻了，郑三炮已经让政府镇压了，她以为自己还是趾高气扬的郑家六小姐吗？

有一个妇女那天注意到了六小姐脚上的长筒丝袜，说丝袜上露出两个眼睛似的破洞，是缀补了以后又绽裂的。这在从前的郑家八姐妹身上是不可能出现的事。从前郑家的小姐们穿袜子，穿上一天扔一双的呀！那个妇女便很感叹，说现在也让六小姐尝到了穿破丝袜的滋味，她觉得很解气也很公平，又觉得有些可怜。

二十年前六小姐抱着一盆月季花走过民丰里的门洞，突然回头朝花匠的窗口投去幽幽的一瞥，六小姐真像一张发黄的照片留在人们的记忆里，人们后来再也没见过那个传奇般的美丽的背影。

六小姐是嫁给本地的绸布大王肖家的，嫁过去第二年就解放了，第三年就跟着肖家回湖南原籍的乡下种田去了。六小姐其实命苦，都怪郑三炮那老杂种，花匠在许多年后再提旧事仍然满腹怨气，提到六小姐的芳名时他的声音则显得凄然，六小姐，倾国倾城呀，花匠说，郑三炮把她嫁给肖家，以为是门当户对了，谁想到是害了六小姐，我早说不管是皇帝和讨饭花子，谁都有个倒霉的时候，偏偏肖家要倒霉的时候六小姐嫁去了，种田？挑担？六小姐哪能干这些粗活？花匠说到这里便扼腕神伤，默默地想一会儿，脸上浮出一种腼腆的微笑，要不是郑三炮狗眼看人低，要是郑家让六小姐下嫁给我，六小姐现在就不会受那些苦，花匠说，我知道六小姐的脾性，她吃东西的口味我也全知道，要是六小姐下嫁给我，我会把她伺候得好好的，你信不信？

听者连连点头，说，信，怎么不信？点头过后不免有些疑惑，心里说这个花匠怎么这样下贱？多少年过去了，多少事被人遗忘了，这个花匠，他竟然还想着伺候那个六小姐！

花匠不是个饶舌的人，其实有关他的陈年旧闻都是香椿树街上的几个园艺爱好者传出来的。每年清明前那些人来民丰里求花匠替他们迁盆插枝，花匠一高兴就说起六小姐，那些人为了让花匠更高兴，问的便也是那个旧时代的美人的事，曾有人用觊觎的目光瞟着窗台上的那盆香水月季，说，这盆花养得真好，花匠瘦削的双颊立刻泛出醉酒似的酡红，他说，是给六小姐养的，她最喜欢这种月季。园艺爱好者听得又是愕然，心里说六小姐现在是死是活都不知道，这个下贱的花匠，他竟然还给她养着一盆月季！

民丰里住着许多热心好事的妇女，空闲时便跑东走西地给单身男女牵线做媒，从花匠年轻力壮的时候开始便有人登门说亲，多少年过去却没说出一个结果，那些为花匠做过媒的妇女谈起此事便怨声载道，说花匠并不是不想女人，只是想得奇怪，是女人都无法忍受。花匠让媒人领着去相亲，却不肯与人面对面坐下来，他说，用不着靠那么近，我看一眼就行，隔着玻璃也行，离开十步路远也行。媒人只好精心设计了让花匠看那么一眼，但是让人扫兴的是花匠看上一眼便垂下头来，嘴里轻声嘀咕一句，不像，一点都不像。媒人听见他的嘀咕声就知道亲事吹了，不像？不像谁？又是那个军阀恶霸家的六小姐！做媒人的嘴上不点破，心里却在骂，从来没见过这么痴心这么下贱的人。做媒的人甩下花匠往前走，走了几步又想气气这个下贱的花匠，就回头丢下一句话，你也别太挑剔，其实人家也没看上你。花匠垂着头在后面走，也不知道是否听见了媒人的话，花匠说，不像，又叹了口气说，不像，真的一点也不像。

其实说不管花匠的事都是气话，民丰里住着这么一个单身男人，那些热心的妇女不可能对花匠的亲事撒手不管，她们总是期望有一天在花匠的亲事上鸣金收兵。这一天终于真的来临了，功臣是桃子的母亲，女的则是一个废品收购站的会计，叫阿珍，守了多年寡了。桃子的母亲后来公正地评价过阿珍，说，阿珍其实脾气很暴躁的，不过她长得很像那个六小姐，桃子的母亲扑哧笑了一声，像六小姐就行，花匠说脾气好坏没关系，只要像六小姐就行。

据桃子的母亲说，花匠当时隔着收购站的麻袋包看阿珍打算盘，眼睛里倏地闪出光来。嘴里几乎喊着，像，只有她最像。桃子的母亲这么绘声绘色地描述时井边妇女们都笑起来，笑过了以后侧脸望望花匠窗台上的那盆月季，都长长地舒了口气，觉得心里的一块石头终于落了地。

阿珍是那年春天再嫁到民丰里的，听花匠说过郑家六小姐的人都从她的脸上身上想象六小姐的绰约风姿。但阿珍毕竟是人老珠黄了，人们很难把她与花匠嘴里的倾国倾城联系起来，阿珍每天拎着一只尼龙袋在石库门里进出，脸上总是像挂了一层霜，假如孩子们在院子里相互追逐与她擦身而过，阿珍便怒气冲冲地朝他们翻个白眼，说，去充军啊？邻居们便想，毕竟做惯了寡妇，脾气果然不好，又想，花匠也真是滑稽，挑了多少年的女人，最后挑了个阿珍。

那年春天花匠是快乐的，花匠新插的几盆月季都早早地开了花，放在窗台上，一盆比一盆艳丽。花匠在早晨的阳光下给花浇水，他脸上的喜悦与所有新婚的男人如出一辙。但是阿珍却不快乐，民丰里的妇女们都看出来了，她们说脾气再坏的女人也不会像她那样，好像别人都欠了她的债。有一天人们看见阿珍端着一碗粥跑到门口，怒气冲冲地喝了一口，突然回过头朝花匠尖叫了一声，又放糖了，告诉你别在粥里放糖，我不是六小姐，我讨厌在粥里放糖，你不长耳朵吗？

果然不出所料，阿珍的不快乐，也与六小姐有关。阿珍有一天抓着一只银耳挖子到桃子家诉苦，你看看这种东西，他说是给六小姐留着的，他天天要来给我挖耳朵，阿珍怨恨交加地向桃子的母亲挥着银耳挖子说，我又不是六小姐，我耳朵里干干净净的，谁要他来挖？桃子的母亲忍着笑说，他来给你挖耳朵有什么不好？挖耳朵很舒服的，那是他对你好。阿珍几乎叫喊着说，不是对我好，是对六小姐好！他每天还要来给我捶腿敲背，一副下贱的奴才样，恶心死啦，我又不是六小姐，我不要做她的替身。桃子的母亲一时不知道说什么好，就劝阿珍说，你也别太计较了，半路夫妻，他对你好就行了。阿珍稍稍平静下来，自己拿银耳挖子在耳朵里掏了一下，突然冷笑一声说，对我好？这种好法我受不了。

桃子的母亲预感到花匠与阿珍的夫妻做不长，果然就做不长，春天刚刚过去，民丰里那棵梧桐树的叶子刚刚绿透，阿珍就拎着一口皮箱离开了民丰里。人们记得阿珍临走时砸碎了花匠窗台上的三盆月季，砰，砰，砰，沉闷的三声巨响使民丰里的邻居们吓了一跳，他们纷纷把头探出窗外，看见阿珍正拍着手上的泥土，阿珍对着三盆月季的残骸说，砸死你，砸死你这个反动军阀六小姐。

花匠追出门外朝阿珍喊，走就走了，你怎么砸我的花？花匠这么喊着声音突然嘶哑了，他开始是想追阿珍的，追了几步又退回去，退回去抱起他的花。人们看见花匠抱着那株露出根须的白色月季，脸上已经老泪纵横。后来有人站在一旁，充满怜悯之意地看花匠为花换盆，问，换了盆能活吗？花匠说，能活，这盆白月季不容易死的。又有人过来开门见山地问花匠，阿珍跟你离婚了？离了。花匠凄然一笑，用手拍了拍盆里的土说，她不像，是我看错人了，她其实一点也不像。

这些年花匠老了，头发花白，腰背也驼了。即使花匠不老民丰里的人们大概也不会去管他的闲事了，从花匠那里人们得出某种新鲜的结论，有的人的闲事别人是管不了的，管了也是越管越糟。

但是民丰里的人们不会丧失乐于助人的天性，所以去年花匠突然向邻居提出要借一辆板车时，桃子的母亲一口答应，当天就去菜场把板车拖回了民丰里。她把板车交到花匠手里，随口问了一句，你要板车拖什么？花匠的苍老的脸上又露出了少年般的腼腆，他轻声说，拖一个人。桃子的母亲追问道，拖谁？花匠低下头搓他的手，搓了一会儿说，是六小姐回来了，她男人死了，她病得很厉害。花匠的喉咙里咯地响了一声，像呻吟也像哽咽，他说，不瞒你，她也快死了。桃子的母亲惊呆在板车旁，过了一会儿她说，你现在把她拖回家干什么呢？人都快死了，拖回家干什么呢？花匠在板车上拾起一片菜叶扔掉，他说，不干什么，把六小姐拖回来，让她看一眼我的月季花，你不知道，她最喜欢白色月季花了。

消息惊动了整个民丰里，那个黄昏当然是二十年后的黄昏，民丰里的人们汇集在大门洞两侧，等待传说中美丽而神秘的六小姐重访旧地。他们看见花匠拖着板车慢慢地过来，挤进狭窄的门洞，他们伸长脖子瞪大眼睛看板车上躺着的人，看清楚了，六小姐竟然是一个面若黄纸奄奄一息的老妇人，六小姐进门的时候眼睛朝左侧一瞥，左侧都是孩子，那目光充满了温柔和慈祥，又朝右侧一扫，右侧多为妇女，那目光却依然是矜持和高傲。

夜里有人趴在花匠家的窗台上朝里面窥望，看见屋里彻夜亮着灯，除了灯还点着许多蜡烛，六小姐就躺在一块床板上，她的枕边放着那盆白色的月季花。他们看见花匠坐在旁边，垂着头一动不动地坐着，都以为他睡着了，但花匠突然站起来抓住六小姐的脚敲了几下，笃，笃，花匠的动作非常轻柔而娴熟，这时候窗外的人忍不住失声叫了起来，她已经咽气了，花匠还在给她敲脚！

  事情确实如此，花匠把六小姐拖回家的那天夜里六小姐就死了。民丰里的人们很难确定花匠和六小姐的关系，他们最终是否算是做了一回夫妻？但他们第二天都往花匠家送了花圈或线绨被面的幛子，不管怎么说，那是民丰里的人们最尊崇的风俗。

（1994年）

图书在版编目（CIP）数据

刺青时代/苏童著.-上海：上海文艺出版社.2020
（苏童作品系列：新版）
ISBN 978-7-5321-7459-1
Ⅰ.①刺… Ⅱ.①苏… Ⅲ.①中篇小说－小说集－中国－当代 Ⅳ.①I247.5
中国版本图书馆CIP数据核字(2020)第027384号

发 行 人：陈　徵
责任编辑：李　霞
装帧设计：谢　翔

书　　名：	刺青时代
作　　者：	苏　童
出　　版：	上海世纪出版集团　上海文艺出版社
地　　址：	上海绍兴路7号　200020
发　　行：	上海文艺出版社发行中心发行
	上海市绍兴路50号　200020　www.ewen.co
印　　刷：	崇明裕安印刷厂
开　　本：	890×1240　1/32
印　　张：	7.25
插　　页：	2
字　　数：	144,000
印　　次：	2020年4月第1版　2020年4月第1次印刷
Ｉ Ｓ Ｂ Ｎ：	978-7-5321-7459-1/I・5932
定　　价：	37.00元
告 读 者：	如发现本书有质量问题请与印刷厂质量科联系　T:021-59404766